프록시마 켄타우리

클레르 카스티용 지음 김주경 옮김

씨드북 Seedbook

목차

나는 그녀를 아포테오시스라고 부른다. 왜냐하면, 그녀의 얼굴에선 그럴듯한 이름이 떠오르지 않기 때문이다. 그녀에게 어울릴 만한 고전적인 이름도, 그녀의 향기를 생각나게 해줄 과일 이름이나 꽃 이름도 찾아낼 수가 없다. 난 계속해서 머릿속의 경적을 울릴 것이다. 그녀가 뒤돌아서서 나를 볼 때까지.

여름 방학이 끝나고 9월 학기가 시작되었을 때다. 영어 선생님인 블랑댕 여사가 그녀를 나무랐다. 왜 그렇게 유난스럽게 웃느냐고. 그러자 그녀는 당황했는지 아무 생각 없이 자기의 영어 이름을 마릴린으로 골랐다. '아무 생각 없이'라고 한 건, 그녀가 생각할 시간도 없이 얼떨결에 대답했기 때문이다. 내가 아는 한 그녀는 아무 계산 없이 그냥 말해 버린다. 생각하기도 전에 먼저 입 밖으로 내뱉는 것이다. 그러고 나서 자기가 한 말을 생각해본다. 생각 없이 툭툭 내뱉는 그녀는 갑자기 눈에 들어온 티끌처럼 껄끄럽다.

솔직히 말하면, 혼자 웃음을 터뜨린 아포테오시스는 정말 멋졌다. 그녀 옆에 앉은 까탈스럽고 새침하고 유난스럽고 거만한 여자애가 예쁜 척하면서, 미국식 이름을 고르는 일에 지나치게 열심을 내더니, 선생님 앞에서 프랑스 억양이 물씬 풍기는 영어 발음으로 최대한 자랑스럽게 자기 이름을 이야기했다. 뉴저지에서 온 앨리슨이라고. 아포테오시스가 혼자서 '푸하하하.' 하고 웃음을 터뜨린 게 바로 그 때였다. 블랑댕 여사는 얼른 뉴저지의 앨리슨에게 대답했다. "나이스 투 미츄, 앨리슨." 블랑댕 여사는 우리를 영어 회화 수업에 푹 빠져들게 해서, 우리로부터 최선의 영어 액즙을 짜내는 걸 목표로 하고 있었다. 그랬기에 앨리슨이 그 훈련을 열심히 따라오고 있는 게 내심 흐뭇했다. 그런데 여기서 인정하고 넘어가야 할 게 있다. 블랑댕 여사가 우릴 중학교 1학년생쯤으로 여기고 있다는 거다. 아포테오시스가 웃음을 터뜨렸을 때, 선생님이 그녀를 호되게 몰아친 걸 봐도 그렇다. "멍청한 계집애, 그러는 너는?" 그러자 아포테오시스가 얼른 웃음을 그치고 정색하며 반 아이들에게 자신을 소개했다. 이렇게.

"마릴린, 미네소타."

웃음을 뚝 그친 그녀의 표정에서 내가 본 건, 늘 성실했던 모범생이 난생처음으로 선생님께 꾸지람을 듣고 약간 당황해하며 주눅 든 모습이었다. 그녀의 등이 가늘게 떨고 있다는 걸 느낄 수 있었다. 그래도 아포테오시스의 두 눈은 그런 내색을 조금도 비치지 않았다. 영어 회화 첫 시간에 벌써 코가 납작해졌다는 것에 두려움을 느끼고 있는 게 사실일 테지만. 나로 말하면, 친구들의 기대를 깨뜨릴지도 모른다는 위험을 무릅쓰고 지극히 고전적인 이름을 택했다. 존.

왜냐하면, 블랑댕 여사가 디카프리오는 이름이 아니라 성이며, 더욱이 미국식 성도 아니라고 지적했기 때문이다. 선생님의 가시 돋친 말이 내 귀를 찔렀다. 자존심을 찌른 건 아니었다. 오히려 지나치게 혀를 굴리는 선생님의 억양에도 불구하고, '네 버러주스 이리 내놔(Give me your butter juice)'라는 말을 알아들었다는 사실에 기분이 으쓱했다. 내가 수업 시간에 버터주스의 CD를 갖고 있다고 비난하는 소리였지만 말이다.

그렇게 우린 영어 회화 첫 시간에 새로운 영어식 이름을 만들었다. 블랑댕 여사는 노트에다 우리들의 영어 이름을 적고 나서, 이제부터 우린 미국 여권을 가진 거라고 선언했다. 그리고 화재나 테러리스트의 공격처럼 긴급 재난을 당한 경우를 제외하곤, 앞으로 내년 6월까지 1학년 내내 이 교실에선 프랑스어를 한마디도 쓰지 못한다고 덧붙였다.

그때부터 지금까지도 난 아포테오시스가 어떤 여자애인지 진짜 모습을 알지 못한다. 우린 영어 회화만 공동 수업으로 같이 듣고 있을 뿐이다. 그래도 난 불평할 게 없다. 그 시간이 일주일에 무려 다섯 번이나 되니까. 그 수업이 더 많았다면, 넘쳐 나는 내 호르몬을 견뎌내기 몹시 힘들었을 거다. 난 호르몬이라는 녀석들을 얌전하게 길들이려고 몹시 애썼다. 하지만 그놈들은 내 육체의 내부 시스템 안에 나타나선 자꾸만 별 이유도 없이 실실거리는 웃음 가스를 뿌려놓곤 했다. 그런데 내 육체에 문제가 생겨버린 지금, 난 더는 아포테오시스에게 다른 이름을 지어주려고 애쓰지 않는다. 그리고 맘이 아프지만, 아예 내 안에서 아포테오시스의 스위치를 꺼버린다. 딸깍. 그러곤 계속 되뇐다. 그녀는 이미 죽은 지 오래된 별이야. 너무너무 멀리 떨어져 있기에, 옛날 옛적에 비췄던 빛이 이제야 여기, 내게 이른 것일 뿐이야. 하지만 어쩌면 그게 아닐 수도 있다. 어쩌면 그녀가 자기의 진짜 이름을 내게 말해줄지도 모른다. 오. 정말 그렇다면, 정말 그 애가 내 귀에 자기 이름을 속삭여준다면, 틀림없이 그 애의 숨결이 다 죽다시피 한 내 몸을 깨울 수 있을 것이다. 그래, 그때까지 난 여기 이 자리에서 그녀를 떠올리며 깊고 깊은 사랑을 키워갈 것이다.

난 그녀를 아포테오시스라고 부른다. 그 이름은 그녀와 나를 함께 품고 있다. 그뿐 아니라 그녀가 내 시야 안에, 내 머릿속, 가슴속, 내 모든 기관 안에 들어온 순간부터 신선한 공기를 실어온 파동까지도 모두 품고 있다. 그녀가 멀어져 가면 내 장기들은 흐물흐물 해체되고, 그녀가 다가오면 다시 모여 하나가 된다. 그녀의 일부인 안경은 내가 특히 좋아하는 부분이다. 안경은 그녀를 더 커 보이게 하고, 내 마음의 스크린에 더 또렷이 비치게 해준다. 나의 소녀 아포테오시스, 그 애는 내 머릿속에서 중심을 잡아주는 추다. 하나의 심벌즈, 아니, 두 개의 심벌즈다. 그래서 그녀만 생각하면 내 가슴은 쿵쾅거린다! 엄마가 말했다. 쿵! 쾅! 지금도 몇 번이나 그 이야기를 하는지 모른다. 순식간이었어. 쿵! 쾅! 이어서 똑같은 말을 덧붙인다.

"게다가 그때가 8시 7분이었지 뭐야. 그 애가 태어난 시간이 8시 6분이었는데."

엄마는 무슨 일에든 열심이고, 인내심이 크며 아주 관대한 사람이다. 그래서 누가 병실로 날 보러 올 때마다 내가 6층에서 떨어졌던 시간을 정확하게 알려준다. 하지만 난 얼굴이 땅에 부딪히는 순간 시계를 들여다보지 못했다. 그때 난 내 방 창문 밑으로 지나가는 아포테오시스를 바라보느라 정신이 없었다. 그녀가 눈을 들어 나를 올려다보는 일이 절대 없기를 바라면서. 아침마다 우리 아파트 밑으로 지나가는 그녀를 보기 위해 내 방 창문을 열어둔 지 석 달째였다. 아포테오시스는 내 마음을 완전히 사로잡아버렸다. 말 없는 그녀의 존재. 유성처럼 내 인생에 날아든 그녀의 화살. 언젠가 그녀는 내 아내가 될 것이다. 언젠가 난 그녀에게 말을 걸 것이다. 내 얼굴에 여드름이 좀 줄어들고, 수염이 좀 더 나고, 그리고…… 내가 목소리를 되찾았을 때.

난 창가에 서서, 가느다란 테의 안경을 쓴 아포테오시스가 말 꼬랑지 머리에 회색빛 외투를 입고 지나가는 모습을 보면서 행복해하고 있었다. 월코! 얼어 죽겠구나, 창문 좀 닫아라! 엄마가 복도에서 소리쳤다. 그러다 너 떨어지기라도 하면 난 널 돌봐줄 생각 없으니 그런

줄 알아! 복도까지 바람이 들어가고 있었지만, 그래도 엄마는 내 열여섯 살의 삶을 방해하지 않으려고 내 방까진 들어오지 않았다. 전에도 한 번, 내가 창을 열고 방 환기를 시키지 않는다고 엄마가 투덜댔었다. 지난밤의 내 체취가 남아있다면서. 그러면서도 엄마는 내 냄새를 싫어하지 않았다.

난 아포테오시스가 길모퉁이를 돌아설 때까지만이라도 그녀의 뒷모습을 좀 더 보고 싶었다. 그래서 책상을 창가에 바짝 붙이고 그 위로 올라갔다. 그리고 떨어졌다. 쿵! 쾅! 순식간에 벌어진 일이었다. 3층 발코니 난간에서 앞으로 한 번 쿵! 길바닥에서 뒤로 또 한 번 쾅! 무료 일간지 가판대와 개똥 사이에 떨어진 거다. 아빠는 그 무료 일간지가 주로 개똥 치우는 데 사용되는 것 같다고 했다. 그러면서 개 주인이 일간지로 개똥을 싼 다음, 똥과 신문, 둘 다 버리고 간다고 말했다. 아마도 갑자기 전화가 왔거나, 마음이 급해서 그랬을 거라는 추측성 설명도 잊지 않았다. 여기서 꼭 하고 넘어가야 할 말이 있는데, 그건 우리 아빠가 상황이나 사건을 설명하고, 원인을 찾아서 분석하고, 그래서 그 결과를 이해하는 작업을 무척 좋아한다는 거다. "맞아요, 대부분은 개똥 치울 마음을 갖고 있는 게 사실이에요." 엄마가 동의했다. "문제는 똥을 치우는 중간에 마음이 바뀐다는 거죠. 시간이 없다거나, 썩 유쾌한 일 같지 않다는 생각이 갑자기 들었거나, 아니면 치우고 싶어도 마땅한 방법이 없거나, 근처에 쓰레기통이 없다는 등등의 이유로 말이죠. 아니면 의지가 없는 우유부단한 사람이라서 그럴 수도 있어요." 이건 엄마도 잘 알고 하는 소리다. 예전에 보스롱과 블뢰드가스코뉴를 교배한 잡종 개 한 마리를 키운 적이 있었기 때문이다. 하지만 당시만 해도 자기가 기우는 개의 똥을 비닐에 담아 집으로 갖고 갈 생각 같은 건 아예 못했다고 했다.

"그땐 개똥 치워가는 사람은 한 사람도 없었어요. 그래도 개똥이 지금보다 훨씬 적었죠."

이 모두가 구급대원들이 내 목뼈를 고정하기 위해 코르셋을 끼우는 동안 엄마가 그들에게 했던 말이다.

아빠는 어땠는가 하면, 사람들이 나를 들것에 태워 구급차 안에 올리는 동안에도 지난주 수업 내용을 암기하면서, 한편으론 개들을 관찰하고 있었다. 저렇게 천방지축으로 날뛰면 개 주인도 시민의 의무를 다하기란 쉽지 않겠다고 생각하면서 그랬다, 아빠와 엄마는 일부러 더 농담을 주고받는 일에 집중했다. 그렇게 해서 구급대원들이 뭔가 심각한 이야기를 꺼낼 기회를 교묘하게 차단하고 있는 거였다. 당신들의 아들은 운이 아주 좋아봤자 식물인간이다, 솔직히 말해 죽은 거나 다름없다, 등등의 이야기를. 두 사람은 구급차 안에서도 개의 배설물 이야기를 쉬지 않았다. 아들인 나, 월코보다 개 님들의 배설물에 집중한 것이다. 두 번에 걸쳐 쿵! 쾅! 심하게 부딪힌 나는 몸을 전혀 움직일 수 없었다. 머리는 깨지고, 상체는 부서지고, 무릎은 움푹 파인 데다 팔까지 부러진 상태였기 때문이다. 구급대원들이 내 얼굴과 온몸에 철제 금속을 장착한 탓에 난 아빠, 엄마의 모습을 볼 수 없었다. 하기야 그런 게 없었어도 너무 피곤해서 눈을 뜰 수 없는 지경이었다. 대신 두 사람이 말하는 소리는 아주 똑똑하게 들렸다.

엄마가 구급대원 한 명에게 말했다. "닥터마틴을 신으셨네요?" 그러자 아빠가 곧 엄마의 말을 받아서 말했다. "아냐, 여보, 이 신발은 레인저스야." "아, 그렇군요, 죄송해요, 아주 비슷해서 그랬어요." 엄마가 사과했다. 아빠가 다시 정확하게 짚어줬다. "레인저스는 군인들이 신는 거고, 닥터마틴은 펑크식 부츠야." 엄마가 작은 소리로 아빠에게 물었다. "돌아올까?" 아빠가 대답했다. "그럼, 확실해, 펑크 유행이 좀 지나간 건 사실이지만, 기성 질서를 싫어하는 젊은이들 사이에선 다시 찾고 있는 추세라 하더라고." "여보, 돌아올까?" 엄마가 다시 물었다. 그러자 구급대원 한 명이 "부인, 아직 의식은 있어요, 하지만 충격이 워낙 컸어요." 하고 말했다. "네, 특히 무릎에 난 상처가 몹시 심해 보이네요." 엄마가 말했다. "어떻습니까, 등은 곧 회복될 것 같나요?" 이번엔 아빠가 물었다.

"아, 확실치 않습니다." 구급대 팀장이 큰 소리로 대답했다. 그의 목소리가 계속해서 나를 혼수상태에서 끌어내고 있었다. "월코, 내 말 들리니? 들리면 내 손 꽉 잡아볼래? 월코, 눈을 떠봐, 월코, 여기를 이렇게 누르면 아프니? 아프면 소리 내볼래?" 그 말을 들으면서, 구급차 사이렌 소리가 울린 지 얼마나 되었을까 생각해봤다. 혹시 아포테오시스가 학교에 도착하기 전에 그 소리를 들었을까……. 어쩌면 그녀는 내가 추락한 걸 알고 가던 길을 되돌아왔을지도 모른다.

나는 쿵! 쾅! 하기 직전의 시간이 8시 6분이었을 거라고 상상한다. 우리 아파트가 6층이니까 내가 바닥에 떨어지기까지 1초 정도 걸렸을까? 아마도 아빠는 외투만 입은 채 구두는 미처 신지 못한 상태였을 것이다. 우리 집 식구가 집을 나서는 시간은 아주 체계적으로 정해져있다. 맨 먼저 아빠가 나보다 정확히 4분 전에 집을 나선다. 나와 함께 학교에 도착하지 않기 위해서다. 아빠는 누나와 내가 다니는 고등학교에서 역사와 지리를 가르친다. 꽤 존경 받는 선생님이다. 엄마는 오른 옆에 있는 벽시계를 규칙적으로 바라보면서, 내가 나간 뒤 정확하게 2분 후에 집을 나서는 누나를 내보내고, 3분 만에 대충 집 청소를 마치고 10분 뒤 출근길에 나선다. 엄마가 그렇게 시간 차를 두고 집을 나오는 것도 물론 누나와 나란히 학교에 도착하지 않기 위해서다. 내가 아빠와 가까워지지 않으려고 속도를 늦추면, 뒤에 오는 누나가 나더러 빨리 걸으라고 소리 지른다. 안 그러면 누나가 엄마랑 같이 걷게 될 판이기 때문이다. 그래서 이렇게 보이지 않는 끈으로 묶여있는 우리 가족의 〈학교 가는 길〉은 꽤 코믹한 장면을 연출한다. 일단 학교에 도착하면, 우리가 서로 마주치는 일은 거의 없다. 그래도 혹시 그런 일이 일어날 경우를 대비해서 우리는 협정을 맺었다. 학교에선 서로 절대 모르는 척하자고. 비록 학교 안에서는 함께 있는 걸 남들 눈에 띄지 않게 하기 위해 각자 알아서 행동하는 것을 좋아하지만, 사실 우리 가족은 매우 단결되어있다.

내가 집중 치료를 받기 위해, 애석하게도 우리 집에서 가장 먼 병원으로 온 지 이제 3주일째라고 엄마가 방문객에게 말했다. 방문자는 마치 상한 고기를 앞에 두고 있는 수의검역관 같은 모습으로 나를 향해 다가온다. 하얀 가운에 부인용 모자 비슷한 것과 마스크를 쓰고 있어서 누군지 잘 모르겠다. "애야, 리오넬 외삼촌이 오셨구나, 널 보려고 일부러 오셨어." 하고 엄마가 말해준다.

"아이고, 이 녀석아! 아니, 이게 웬일이냐!" 리오넬 외삼촌이 울부짖으며 말한다.

"그렇게 크게 말하지 않아도 돼, 안 그래도 다 알아들어."

이제 엄마는 학교 수업을 하지 않는다. 그래서 학생과 학부모들이 엄마에게 위로의 마음을 글로 적어서 보내왔다. 지금 내 몸은 산산조각이 났다. 발가락부터 뇌줄기까지. 나는 거의 온종일 깨어있는 채로 꿈을 꾼다. 말하자면 공상에 빠져있다. 사람들은 내가 매우 따분하리라 생각하지만, 사실 나는 5월에 바딤의 집에서 열릴 생일 파티와 아포테오시스 생각 사이를 오가느라 몹시 분주하다. 건강하고 정상적인 몸으로 파티에 참석해 괴물 같은 목소리로 아포테오시스에게 이름을 묻고 있는 나를 상상해본다. 전에 내게 이름을 가르쳐준 적

있었니? 그러면서 최고로 영광스러운 일까지도 계획해본다. 여름방학 때까지 모든 게 다 회복된다면, 그녀에게 꼭 키스를 해야겠다고. 그때, 감정에 북받친 리오넬 삼촌이 내 꿈을 중단시켰다.

"윌코. 네가 퇴원만 하면, 아주 맛있는 슈크루트(소시지를 곁들여 먹는 양배추 요리) 집으로 너랑 프뤼당스를 데리고 가마. 하지만 지금은 네 이빨을 새로 해야 한다니까, 그동안 먹을 젤리 좀 갖고 왔다."

"그래도 불행 중 다행이지 뭐니, 운이 좋았어." 엄마가 대답했다. "먼저 발코니 난간에 한 번 부딪치고 떨어지는 바람에 그나마 땅에 떨어질 땐 충격이 좀 덜했던 거야."

난 푸졸 부인의 발코니에 떨어질 때 가슴을 찔렸다는 것만 기억한다. 아닌 게 아니라 6층에서 인도로 곧장 떨어졌다면, 안경까지 깨먹었을 거다.

2장

"네 누나가 뭔가 잊어버린 게 있나 보다."

엄마 말은 그랬지만 실은…… 앙드레아 누나가 병실에 들어와 나를 본 순간, 곧 한 손으로 입을 막고 토하러 밖으로 나가는 걸 보고 엄마가 둘러댄 말이다. 학교에서도 누나가 눈에 띄게 말라가고 있다는 건 누구나 알 수 있다. 그렇지만 아무도 누나에게 왜 그러느냐고 묻지 않는다. 다만 누나의 안색만 살피면서, 혹시 나에 대해 무슨 새로운 소식이 없는지 궁금해할 뿐이다. 밖으로 나갔던 누나가 잠시 후에 창백해진 낯빛으로 다시 들어오는데, 뭔가 잊은 게 있어서 나갔다면서 들어올 땐 여전히 빈손이다. 그러니 또 밖으로 나갈 수 있는 핑계거리가 생긴 셈이다. "그래, 앙드레아! 넌 집에 가서 좀 쉬렴." 엄마가 누나에게 권한다. 머리에 커다란 조개껍데기 같은 걸 뒤집어쓰고, 코엔 고무줄을 끼운 데다, 목에 구멍을 내서 호스를 연결하고, 뻣뻣한 다리로 침대에 누워있는 동생의 모습을 보기란 쉬운 일이 아닐 것이다. 더군다나 대소변을 받아내는 온갖 색깔의 비닐 팩들이 이불 밖으로 나와있는 걸 미처 가리지 못했을 때는 오죽할까. 열일곱 살짜리 소녀가 감당하기 힘든 처참한 장면이라는 걸 나도 너무 잘 안다.

"아니, 괜찮아요." 잠깐 쉬라는 엄마의 말에 누나는 대개 그렇게 대답한다. 아마 아빠가 있었다면, '그래, 온종일 농땡이 쳤을 테니.' 학교 끝나고 30분 정도는 동생 옆에 집중하고 앉아있어도 될 거야 하는 식으로 가볍게 농담을 했을 거다. 그런데 오늘은 특별히 더 굉장한 날이다. 내 척추가 본래의 위치를 되찾을 가능성이 거의 없다는 최종 소식을 들었기 때문이다. 일단 지금 보기엔 그렇다는 거다. 아마도 학교에선 벌써 추측성 이야기가 한 바퀴 다 돌았을 게 뻔하다. 사지 마비, 다시 말해 팔다리를 움직일 수 없는 데다, 보너스로 내부 장기마저 파열되었고, 뇌는 살아있긴 하지만(아마도) 영원히 식물인간으로 살게 될 거라고.

"의사들 말은 '일단 이론적으로' 그렇다는 거야." 의사들이 나가고 난 뒤, 엄마가 말했다. "그래, 훌륭한 의료팀이야." 아빠가 말했다. "우리가 바랄 수 있는 최고의 능력자들이지." 돌아가는 상황을 알고 나니, 난 너무 두려워졌다. 아빠와 엄마가 다시 개똥 이야기를 주고받기 시작했다. 그러면서도 엄마는 무엇보다 나를 안심시키고 싶어 했다. "윌코, 너무 걱정하지 마, 넌 최고 실력을 지닌 이 분야 최고의 의사들에게 치료받고 있는 거야." '네, 엄마. 그런데 어떤 분야를 말하는 거죠? 침 삼키게 해주는 분야? 숨 잘 쉬게 해주는 분야? 감염 분야? 산책 분야?' "일단 지금 보기엔 그렇대." 하고 엄마가 되풀이했다. 의사들이 '일단 이론적으론'이라고 했다는데, 사실 그 말은 아무엇도 확신하지 못한다는 소리다.

나는 생각한다. '아빠 말대로 그들은 훌륭한 의료팀이야, 그러니 자기들이 무슨 말을 하고 있는지 알 거야.' 내가 한쪽 눈을 깜빡이자, 엄마가 얼른 다가와서 묻는다. "목마르다는 거지? 그렇지? 그래, 엄만 무슨 뜻인지 알아, 네가 무슨 말을 하고 싶어 하는지 다 알지, 마실 걸 줄게." 그러면서 엄마는 음료가 들어가는 호스의 톱니 마개를 돌려서, 액체 몇 방울의 양을 더 늘렸다. 그러곤 매우 흐뭇해한다. 이제 내가 눈만 깜빡거려도 뭘 원하는지 알고, 간호사를 안 부르고도 내게 수분을 공급해줄 수 있다는 걸 아빠에게 보여줄 수 있어서다. 처음에 병원에 들어왔을 때가 생각난다. 엄마가 기계 장치에 지나치게 집착하자, 병원 측에서 엄마에게 직접 버튼 사용하는 법을 알려주었다. 혹시라도 기계가 작동이 안 되면 어쩌나 확인하기 위해서 엄마가 비상벨을 너무 자주 눌렀기 때문이다. 그러자 엄마의 불안감을 줄이기 위해 의료기계 전문가가 와서 엄마에게 기계를 조종하는 제어 장치 사용법을 가르쳐주었다. 엄마는 기계 장치를 종이에 상세하게 그린 뒤에, 각 장치와 버튼의 용도에 대해 자세히 적었다. 그리고 엄마가 절대로 만지면 안 되는 부분들을 형광펜으로 표시했다. 요거랑 이거랑, 저거랑, 이 세 가지는 어머님이 마음대로 작동시켜도 됩니다, 그 남자가 엄마에게 말했다. 그 후 엄마는 배우고 익힌 것을 간호사에게 확인해달라고 부탁했고, 간호사가 확인해주었다. 며칠 전에 엄마가 아무 데도 연결되지 않고 경보음만 내는 단추를 누르는 걸 아빠가 우연히 본 일이 있다. 아빠 그걸 엄마에게 말해주려고 하다가 곧 포기했다. 처음엔 이렇게 입을 열었다. 실비, 그 단추는 눌러도 아무 기능이 없어, 내 생각엔 말이야, 당신이……. 그러나 그렇게만 말하고는, 하려던 말을 그냥 삼켜버렸다. 난 천천히 눈을 감았다. 그리고 아빠가 나, 우리 둘 사이에만 통하는 게 있음을 아빠가 은근히 즐기고 있다는 걸 알았다.

엄마는 같은 말을 계속 되풀이했다. "의사들이 '일단 이론적으로'라고 했어, '경험적으로 볼 때'라고 하지 않았다고! 경험적으로라든지, 임상학적으로라든지, 뭐 그런 사실적인 개념이 있어야 하는 거잖아." 그러자 아빠가 말했다. "그런데 여보, 그리고 애들아, 너희 그거 아니? 의사들이 '이론적으로'라고 말하는 것에 대해 내가 '이론적으로' 알고 있는 게 하나 있는데 말이야." 아빠는 그렇게 시작했다. 최근 들어 누나가 아이섀도 대신 눈 그늘을 달고 다니긴 하지만, 그래도 난 지금의 누나 표정이 어떨지 안 봐도 상상이 간다. 아빠의 목소리가 변하기 시작했기 때문이다. 반소매 노란 셔츠를 입고 출근하는 목요일의 목소리. 그건 역사 지리 수업 때, 아니 그보단 도덕 수업 때의 목소리인데, 평소보다 훨씬 느긋해서 학생들이 친근하게 느끼는 목소리다. 그런 목소리로 아빠가 이렇게 말했다. "자, 이론적으로라는 건 말이야, 언제라도 깨질 수 있다는 거야. 에이, 그러니 아들! 그따위 통계 같은 거, 우리가 한번 박살을 내줘 보자. 얼른 네 힘으로 숨 쉬고, 일어나서 걷고, 달리고, 자전거를 타고, 나랑 함께 암벽등반도 하잔 말이야."

그러자 엄마가 미술 선생님의 목소리로 대꾸했다. 미술 교사라는 위치는 엄마를 우리 학교에서 가장 인기 있는 선생님이 되게 해주었다. 왜냐하면, 엄마는 아이들의 무례함과 매사에 빈정대는 태도를 청춘기에 할 수 있는 거라 생각해서, 그런 태도에 즉각 반응하지 않기 때문이다. 또 모든 사람이 그림에 소질이 있을 수 없다는 타당한 이유로 13점 이하의 점수는 주지 않는다는 원칙을 고수했는데, 그것도 엄마의 인기에 크게 한몫했다. 엄마가 그 인기 교사의 목소리를 갖고 말했다. "남성 여러분, 다시 암벽을 오르려면 최대한 완만하고 편평한 장소를 선택해주세요, 그래야 안전하니까요." 그리고 창가로 걸어가서 밖을 내다보았다. 내 시야에서 엄마가 사라졌다. 난 고개를 돌릴 수 없기 때문이다. 아마도 엄마는 창밖을 바라보며 계절이 바뀐 걸 새삼 깨달았을 것이다. 나무에 나뭇잎들이 나오기 시작한 걸 보고 놀랐겠지. 그러고 보니 벌써 봄인가? 내가 6층에서 떨어진 게 1월 8일이었는데, 오늘이 3월 8일이다. 엄마의 두 눈이 어쩌면 뿌연 수증기로 가득 차있을지도 모른다. 엄마가 언젠가 말한 적이 있다. 과자 상자에서 유효기간이 2019년까지라는 글을 읽을 때마다, 20xx년대라는 숫자가 너무 생소하게 느껴져서 잘못 인쇄된 것 같은 기분이 든다고. 왠지 그 날짜는 SF 세계 속에서 사는 느낌을 준다고. 난 2052년이면 전신 마비로 누워있는 상태에서 53세가 된 아들을 보며 엄마가 무슨 생각을 할까 상상해본다.

누나가 내 이마에 입을 맞추고 병실을 떠났다. 코끝이 차가웠다. 내 얼굴에서 맨 피부가 드러나있는 곳은 딱 한 군데다. 머리를 뒤덮은 조개껍데기 같은 보호 장치와 아래턱에서 코끝까지 덮은 마스크 사이에 나와있는 겨우 몇 센티미터의 면적. 사람들은 감염 예방을 위해 장갑 낀 손가락을 자주 거기 갖다 대보곤 한다. 난 피곤하다. 그런데 기적이 일어났다. 바딤이 온 거다! 망할 자식, 제일 친한 친구가 병실에 갇혀있는데, 두 달이 지나서야 찾아오다니! 어쨌거나 오늘 그 자식이 드디어 나를 보기 위해 움직였다.

아빠와 엄마가 자리를 비켜줬다. "둘이 시간 보내렴, 우린 커피 한 잔 마시고 올게!" 엄마가 병실을 나섰나 싶었는데 금방 다시 돌아와서 덧붙였다. "혹시 우리가 필요하면 연락해, 카페테리아에 있을 테니까. 카페테리아는 1층 노란 정자 있는 쪽에 있단다. 커다란 빨간 정자 쪽으로 가다 보면 보일 거야. 파란 정자 바로 옆이야." 아빠도 농담으로 한마디 거든다. "알겠지만 병실에선 금연이다!"

바딤이 내게 미소를 짓는다. 그런데 조금 전에 나갔던 아빠와 엄마가 또 되돌아와서 바딤에게 비상벨과 전화와 소화기가 있는 곳을 알려주었다. 그리고 마지막으로 한 번 더 와서 비상벨의 위치를 알려주고 떠났을 땐 바딤이 폭소를 터뜨렸다. 하지만 자기와 나, 두 사람을 대신해서 혼자 깔깔대야 한다는 걸 깨닫고는 조금 침울해졌다. 그리고 지금은 여기, 내 침대 끝에 걸터앉아있다. 다리를 건들거리면서. 엄마가 그에게 병실 안을 왔다 갔다 하며 움직이지 말고, 내 시선이 닿는 자리에 있어달라고 부탁했기 때문이다. 내가 목을 움직일 수 없어서다. 바딤은 몇 분 동안 아무 말도 하지 않고 침묵을 지켰다. 저 녀석이 당장 무슨 말이든 해야 하는데……. 이렇게 하염없이 침묵이 내려앉게 놔두면, 그 후엔 다 엉망이 된다. 자, 그래서 난 심술궂은 불평꾼이 되길 중단하고, 그가 좀 더 일찍 오지 않은 걸 용서하기로 한다. 하기야 거의 죽은 것 같은 상태로 살아있는 친구를 보러 온다는 게 어디 쉬운 일일까! 그 녀석은 오늘따라 특별히 더 수직적으로 보이고, 나는 너무나 수평적이다. 침을 삼킬 때마다 움직이는 바딤의 울대뼈와 입을 다물고 있어도 여전히 웃고 있는 눈을 보면, 그는 분명 낙하산 부대원이나 경찰, 아니면 높은 산의 등산 안내자나 항해사가 될 게 틀림없다. 게다가 옆에는 항상 여자들이 끊이지 않을 것이다.

"있잖아, 할 말이 있어." 마침내 바딤이 입을 열었다. "내가 물어봤는데, 마릴린의 이름은 니콜이래. 수업 끝나고 교실에서 나올 때 내가 말을 걸었거든."

그 순간 폭신한 구름 위를 걷다가 갑자기 뾰족뾰족한 가시밭 위로 쿵 떨어진 기분이었다. 으악! 니콜이라는 이름이 촌스러워서가 아니다. 언젠가 악몽 속에 나타난 아포테오시스가 알려준 자기 이름은 모니크였지, 절대 니콜이 아니었다. 하지만 그 악몽 때문도 아니다.

그녀의 이름이 그처럼 흔하고 평범한 이름이라는 것에 실망해서 그랬던 것도 아니다. 절대로! 쿡쿡 쑤셔대는 이마의 고통은 거기서 온 게 아니다. 바딤이 말을 이었다. "이 소식이 널 기쁘게 해주면 좋을 텐데. 그래서 말인데, 너, 내게 부탁하고 싶은 것 있지? 말 안 해도 알아. 내가 그 애에게 대신 말해줄게. 네가 그 애를 좋아하니까, 너를 한번 보러 와달라고 할 거야. 제일 좋은 방법은 네 사진을 찍어가서 그 애에게 보여주는 거야. 사진을 보는 순간 네게 불쌍한 마음이 들 게 틀림없어. 알겠지만, 학교에 네 이야기가 쫙 퍼졌거든."

관자놀이의 맥박이 점점 더 빨리 뛰었다. 바딤이 병실에 들어오던 그 순간, 마치 두 연인처럼 말없이 서로의 얼굴을 마주한 채, 우리가 이토록 좋은 친구 사이라는 것에 감동하며 서로의 눈에서 그 감동을 확인했던 조금 전의 그 순간! 젠장, 난 그 순간을 없던 일로 되돌리고 싶다.

바딤은 신이 나서 계획을 말했다.

"난 니콜이 순순히 내 말을 듣게 만들 자신이 있어. 걔는 거절할 수 없을 거야. 그러니까 넌 벌써 그 애를 손에 넣은 거나 다름없다고 생각해도 돼."

바딤은 자기 아빠가 쓰는 어휘를 사용한다. 언젠가 그의 부모님과 함께 자동차 여행을 했던 때가 떠올랐다. 차 안에서 나누는 대화의 주제는 거의 언제나 마니투 사의 제품들이었다. 바딤 가족은 우리가 여행한 지역과 그곳에 있는 멋진 고성, 풍경, 도시들에 대해 말하는 법이 결코 없었다. 오직 마니투, 마니투, 온통 마니투 제품에 관한 이야기뿐이었다. 바딤 아빠가 마니투 회사에서 일하기 때문이다. 그런 식의 대화는 내겐 아주 신선한 기분 전환이 되었다. 그 여행 내내 우리는 마니투를 먹고, 마니투를 입고, 마니투를 살았다. 그리고 돌아오는 길의 차 안에서도 우리의 삶을 풍요롭게 해주는 그 상표에 감사했다. 그게 바로 바딤 부모님과 우리 부모님의 확실한 차이점이다. 물론 우리 아빠와 엄마도 바딤 아빠가 내게 자주 머그잔, 티셔츠, 손칼, 목욕 타월 등을 갖다주는 걸 고맙게 여기긴 했지만 말이다. 내 인생에서 가장 기억에 남는 날 중 하나로 손꼽히는 그날(하지만 절대로 우리 아빠와 엄마가 알아선 안 된다!) 바딤 아빠는 팀장에게 전화로 영업 방식을 지시했다. 무려 시속 140킬로미터로 달리면서! 어쩌면 진짜 누군가와 통화하는 게 아니고 그냥 전화하는 흉내만 냈던건지도 모른다. 어쨌거나 학급 리더인 아들과 미용실 사장인 아내에게 그런 모습을 보여주고 싶었던 게 분명했다. 바딤 아빠는 비즈니스의 목적, 동기 등 모든 걸 전화로 요약 설명했다. 그때가 앞으로 내가 정말 하고 싶은 게 뭔지 비로소 알게 된 날이다. 거기까지 도달하려면 어떻게 해야 하는 건지는 아직 알 수 없었지만……. 그날 우린 바다 같은 모래사막에서 돌아왔고, 난 그 여행이 몹시 즐거웠다. 그건 우리 아빠와 엄마가 어린 나와 누나를 처음이자 마지막으로 데리고 갔던 놀이공원, 프랑스 미니어처와는 비교도 안 되는 곳이었다. 그 놀이공원에 갈 때 우린 바딤에게도 함께 가자고 했었지만, 바딤이 거절했었다.

아무튼, 난 영업이 뭔지 제대로 아는 바딤의 아빠와 자동차 여행을 하는 동안, 하나부터 열까지 아저씨의 모든 게 마음에 들었었다. 백미러로 잠깐씩 뒤를 살피는 아저씨의 시선, 핸들 위에 올려진 큼지막한 손, 열린 창문으로 손을 내밀어 차 지붕을 톡톡 치던 손가락, 자신만만한 말투, 설득력 있는 말 등등. "자, 애들아, 누가 최고냐? 마니투에서는 안 다루는 게 없어, 안 그래? 바딤, 네게 흥정하던 그 정장 입은 사내에게 너무 감동할 필요 없어. 형식 같은 거에 매일 필요 없단 말이지. 너, 내가 말한 대로 했지? 분위기 만들었지? 그럼 된 거야. 그 다음엔 네가 원하는 대로 자유롭게 하면 돼. 네가 원하는 거면 그냥 하는 거야. 맘에 드는 게 있으면 그냥 사고, 그런 작은 미션들을 해내고, 성취를 자축하고, 새로운 걸 찾고, 슈크림 먹으며 휴식을 취하고. 매일이 벌써 작은 생일 파티인 거지!"

나는 집에 돌아와서 그 흉내를 내봤다. 긴장을 늦추고, 분위기를 느긋하게! 눈치 보지 않고 내가 하고 싶은 걸 하고, 규칙에 매이지 않고. 그런데 그런 내 시도는 썩 환영을 받지 못했다. 아빠는 그렇게 늘어져서 될 대로 되라 식으로 내가 원하는 것만 하는 태도는 '사고하는 태도'와 반대의 결과를 낳는다고 말했다. 난 늘 우리 가족이 내 친구들과 그 가족에 대해 좋은 면을 봐주길 바라기 때문에, 가끔 어떤 문제에 아빠가 너무 엄격한 태도를 보이면 화가 난다. 그때 엄마가 내게 말했었다. 다른 모든 건 다 쉽게 잊혔는데 잊히지 않고 남아 있는 게 있다면, 그게 정말 유익한 거라고. 그런 건 깊은 사고를 통해 나오는 거라고.

아무튼, 난 바딤 아빠의 사고방식이 마음에 들었었다. 바딤이 자기 아빠 같은 저돌적인 면을 지녔다는 걸 느끼기 전까지는. 바딤은 자기 아빠에게 배운 대로 전투용 마차를 출동시킬 게 분명하다. 그러다 보니 허락된 30분의 면회 시간이 끝났다. 이제 저 녀석은 행동으로 옮기러 가겠지. 바딤이 마치 협상 타결을 본 사람처럼 내게 엄지를 척 내보이며 문제없다는 표시를 했다. 젠장! 걔는 내 사랑 이야기를 다 망가뜨릴 것이다. 그리고 난 그것에 저항할 힘이 없다. 이게 문제다. 단 한 문장에 수많은 아이디어를 넣을 수 있는 바딤의 아빠 같은 남자 앞에 굴복하지 않을 소녀가 어디 있을까! 난 그 아저씨가 이렇게 말하는 것도 들은 적이 있다. "자, 그러니까, 나데즈, 당신은 아직도 남자들 마음을 홀릴 수 있을 거야, 지금처럼 입고 있으면 말이야. 젖가슴도 근사하잖아. 아, 당신, 젊었을 때 정말 예뻤지."

난 계속 두 눈을 깜빡거렸다. 마치 오류를 알리는 신호처럼. 그러자 카페테리아에서 돌아온 엄마가 말했다.

"그래, 아들아, 엄마는 네가 무슨 말을 하는지 다 알아."

그러면서 엄마는 침대 끝으로 가서, 침대에 눌린 자국이 생긴 내 발뒤꿈치들을 확인한다. 그리고 한동안 발꿈치를 마사지한다. 하지만 난 전혀 통증을 느끼지 못한다. 아빠의 얼굴을 자세히 관찰하고 있자니, 정말 별로다. 누가 봐도 미남이라고 할 수 없는 얼굴이다. 난 지금 뒤죽박죽이다. 추락하고 나서, 길바닥에 쓰러진 채로 구급대원들을 기다리는 동안엔 오히려 지금보다 덜 무서웠다. 사실 그때만 해도 난 뭔가 믿는 구석이 있었다. 지금은 니콜이라는 이름을 알게 되었지만, 당시엔 아포테오시스라고 부르던 그녀만큼은 시야에서 놓치지 않고 있었다. 아마 그녀는 사이렌 소리를 듣고 가던 길을 되돌아왔을 것이다. 아니 어쩌면 그 소리가 들리기 전에 지나가던 행인과 위층에 있던 엄마의 비명이 뒤섞인 소리를 듣고 되돌아왔을지도 모른다. 그 행인은 엄마에게 빨리 119에 신고하라고 소리를 지르고 나서 엄마에게 마구 욕을 해댔다. 너무 놀란 엄마가 빨리빨리 움직이지 못했기 때문이다. 불쌍한 그 애는 내게서 눈을 떼지 못했다. 그 두 눈은 날 다시 위층으로 되감아 올리려고 애쓰는 듯했다.

이젠 입맛까지 사라졌다. 바딤이 아포테오시스, 아니, 니콜에게 나 대신 말을 걸려고 한다. 이제 막 고등학교 2학년생에 열여섯 살 반이 된 나. 그런 나의 바보 같은 옛 친구가 단 하나밖에 없는 내 마음의 소녀에게 말을 걸겠단다! 유쾌하고 로맨틱한 데다, 건방지긴 해도 매너가 좋아서 눈 깜짝할 새에 여자를 꼬실 수 있는 그 녀석이! 물론 니콜을 내게 데려오기 위해서라고 했지만, 그리고 절대 그 애를 넘

보지 않겠다고 맹세했다지만……. 엄마는 있는 힘을 다해 내 발가락을 마사지하느라 애쓰는 중이다. 그러나 난 아무 감각이 없다. 그래도 엄마가 그 작은 일에 줄기차게 열중하는 모습을 바라본다. 사람은 전신 마비가 되어도 자랄 수 있는 걸까? 궁금하다. 니콜이 가던 길을 되돌아왔었다, 난 안다. 그 애가 땅바닥에 누워있는 나를 보고 있었다. 방금 세상 밖으로 튕겨 나간 사람 같은 표정으로. 자기더러 세상으로 다시 돌아오라고 부를 수 있는 자는 마치 나 한 사람밖에 없다고 말하는 것 같았다. 자기가 뭘 느끼고 있는지도 모르고, 그렇다고 공포에 사로잡힌 것도 아닌 그런 넋 나간 표정으로 날 바라보고 있었다.

오늘 아침에도 난 가죽 띠로 침대에 묶인 채, 내겐 여전히 아포테오시스일 수밖에 없는 니콜의 홀로그램에 시선을 고정하고 있었다. 최고의 실력가 의사 팀이 아직 방문하기 전이었다. 내가 깨어났을 때, 엄마가 옆에 있었다. 내 곁을 지키려는 완벽에 가까운 성실함과 신실한 침묵을 갖고서. 엄마는 내게 안경을 씌워준 다음, 아빠의 아침 인사가 담긴 전화기를 건넸다. 엄마가 전화기를 내 귀에 갖다 대자, 아빠 목소리가 들려왔다. 두 달 동안 하루도 빠짐없이 아침마다 하는 행사다. 아빠는 날 듬직한 아들이라고 부르면서 그날 하루 일정에 관해 알려주고, 재미있는 일상도 들려준다. 그러곤 점심시간이나 저녁에 병원에 와서 더 자세히 말해주겠다고 약속한다.

하긴, 말을 못한다고 해서 그런 소소한 일들을 몰라야 할 이유는 없다. 아빠는 누나가 내게 입맞춤을 보낸다고 대신 인사를 전해준 뒤에, 누나도 오후에 병원에 들를 거라고 말했다. 아빠가 학교에 도착한다. 복도에서 나는 소리가 들린다. 아빠가 말했다. "여기서도 모두 널 생각한단다. 자, 듬직한 내 아들! 이제 엄마 좀 바꿔주렴."

엄마는 전화를 내 귀에 대고 창문 쪽을 바라보며 생각에 잠겨있었다. 그래서 아빠와 난 꽤 오랜 시간 가만히 있었다. 한참 만에 아빠가 말했다. "여보?" 그러나 난 대답을 할 수 없다. 그러자 아빠가 말했다. "오, 월코로구나. 전화기가 아직 네 귀에 있구나. 자, 그럼 듬직한 내 아들, 네게 입 맞출게. 이따 다시 전화하마. 엄만 다른 일 하느라 바쁜가 보네. 엄마랑은 나중에 다시 통화하지 뭐. 그럼 이만 끊자. 조금 이따 보자, 아들." 하지만 아빠는 전화를 끊지 않았고, 난 조개껍데기 같은 목 보호대 속에 홀로 남겨진다. 잠시 후 아빠에게 뭔가 묻는 여학생 목소리가 들린다. 안부 인사. 앗, 이건 분명 무슨 신호야! 난 아포테오시스의 목소리라는 걸 금방 알아차렸다.

"마릴린, 미네소타."라고 하던 그 목소리.

엄마는 여전히 다른 곳을 보고 있다. 그러다 하늘 어딘가에서 에너지를 받아 되돌아온다. 잠시 자기 별에 접속했다가 다시 내게로 내려온 거다.

바딤이 왔다 간 후로 난 줄곧 눈을 감고 있다. 아빠와 엄마가 도

란거리는 소리가 점점 낮아진다. 두 사람은 좀 더 밤이 깊어지기를 기다렸다가 집으로 돌아갈 것이다.

"내일 아침 7시에 보자." 엄마가 그렇게 말하고 내게 입을 맞춘다. 난 두 분께 상냥하게 굴고 싶어서 눈을 뜬다. 혹시라도 내일 엄마가 오지 않으면 누가 날 엄마처럼 돌봐줄 수 있을까 하고 늘 생각하기 때문이다.

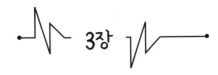

넉 달, 개학한 날부터 내가 추락한 날까지 넉 달 동안, 바딤은 내 평생 열광하지 않을 분야, 특히 지금처럼 조개껍데기 안에 갇혀 누워 있는 상태에선 더더욱 열광하지 않을 일에 열광했다. 이럴 때는 갇혀 누워있는 게 차라리 낫다. 이미 제 짝을 찾은 나인데 유혹이 제아무리 화려한들 무슨 소용 있으랴! (오, 예! 움직일 수 없는 마비 상태가 날 시인으로 만들잖아.)

난 혀가 내 입안 어디에 있는지 느끼지 못한다. 솔직히 말하면 혀가 아직 있는지도 모르겠다. 만일 내 입안이 아닌 다른 어딘가에 있다면, 아마 추락할 때 이빨과 함께 떨어져서 푸졸 부인의 발코니에 걸려있을 거다. 베고니아 화분과 제라늄 화분 사이에. 푸졸 부인은 내 몸이 추락하여 자기 집 발코니 난간에 부딪히는 바람에 창가 화분 하나가 깨졌다고 아파트 안의 모든 사람에게 말하고 다녔다고 한다. 엄마는 푸졸 부인의 아파트 층계참에 새것 하나를 사다 놓는 게 좋겠다고 판단했다. 그래서 화분 하나를 사서, 백리향과 민트를 심어 놓았다. 그러자 푸졸 부인이 허브티 한 잔 마시자며 엄마를 초대했다. 두 사람은 푸졸 부인이 청석돌을 주워 왔다는 피리스테르 지방에 대해 몇 마디 주고받았다. 그 부인은 거기서 주워 온 돌멩이들을

화분들 흙 속에 담아 두었는데, 자기가 아끼고 소중히 여기는 수국
들이 자라면서 그곳 지방의 푸른빛을 띠게 하려고 그랬단다.

　엄마가 우리 가족의 바캉스에 대해 어떤 이야기를 했을지 궁금하
다. 몽탈리베. 자연주의자들이 찾는 나체 해변. 옷을 입지 않는 곳.
내년 여름에도 자연 회귀니 나체주의니 하는 말을 꺼내면, 반드시 가
출할 테니 그리 알라고 협박했던 누나. 난 이제 침대에 누워 봅슬레
이라는 새로운 취미 하나를 발견하게 됐는데, 그것의 장점은! 말할
것도 없이 더는 몽탈리베에 가지 않아도 된다는 거다. 가식 없는 삶,
자연과의 친화, 자연 생태 농장 산책 등등을 더 이상 경험할 수 없게
된 건 유감이지만, 할 수 없지. 작문이나 과제발표라는 핑계로 내가
보낸 '여름 방학'에 대해 이야기할 때마다 우리 반 애들은 배꼽을 쥐
고 미친 듯이 웃곤 했었다. 아쉽지만 이젠 그것도 끝이군. 여름 방학
의 체험학습이여, 안녕. 매우 유연한 학습이었건만(이렇게 말해도 될지 모
르겠지만), 이젠 일부가 손상되어버린 우리 가족에게는 더는 적합하지
않은 체험학습이 되고 말았다. 내 몸 상태 덕분에 난 바람 따라 이
리저리 돌아다니는 즐거움을 다신 누릴 수 없게 되었다. 이런 분야엔
꽤 수줍어하면서도 어쨌거나 이브의 모습을 하고 바람에 날아가는
비치웨어를 잡으러 뛰어가는 엄마의 모습도 더는 볼 수 없게 되었다.
아빠? 아빠는 나체 해변에 대해 좀 양면적인 개념을 갖고 있다. 아빠
는 우선 나체주의의 규칙을 군대식으로 적용한다. 말하자면 '여기 있
으면, 여기 방식을 따르는 거다.'라는 식이다. 벗은 채로 앉아있기. 벗

은 채로 서있기. 벗은 채로 수영하기. 그 외엔 어떤 군더더기 행동도 없다. 아빠는 몽탈리베에 머무는 동안에는 "어쨌든 벌거벗고 수영하는 기분은 좋잖아."라고 말한다. 하지만 내 생각에 아빠는 오로지 엄마에 대한 예의상 나체주의 장소에 적응했던 것뿐이다. 그러고 나서 완전한 자유에 대해 생각하게 된 것 같다. 거칠 것도 거리낄 것도 없는 완전한 자유. 완전한 자유란 아무 제한도 없이 의견을 말하는 게 아닐까? 아빠는 수업에서 그 주제로 토론을 벌이게 했다. 학생들은 어떤 노트를 사용해야 할지 몰라서 당황했다. 지리 노트? 아무래도 철학 같은데? 엄마로 말하자면, 엄마 역시 몽탈리베를 좋아하는 이유가 확실하지 않다. 그냥 해마다 거기서 여름을 보냈으니까 계속 가는 것 같다. 하지만 살이 조금씩 처지기 시작한 후로는 그 신념도 버리기로 한 듯하다. 심지어 자원해서 수영복을 입고 싶지만, 조금 망설이는 중이었다. 수영복을 입으면, 마치 다른 사람들에게 당신들도 입으라고 시키는 것처럼 보일지 모르기 때문이다. 난 나이가 들면서 해마다 점점 더 모래 속이나 바위 뒤로 숨어들었다. 그리고 내 은신처를 떠나는 게 점점 더 불편해졌다. 누나가 나랑 함께 시간을 보내줄 법도 한데, 누나는 종일 물속에만 있었다. 벗은 몸을 아무에게도 보이기 싫어서다. 내가 가까이 가기라도 할라치면 누나는 소스라치며 소리쳤다. "꺼져, 이 변태야, 나 지금 벗고 있는 거 몰라?"

기억, 또 기억. 내가 몽탈리베의 배구장 주변을 어슬렁거리고 있다.

거기선 고추를 해방한 남자들이 두 팀으로 나누어 자유가 주는 기쁨을 폭발시키는 중이다. 하지만 이런 기억들을 떠올리면서도 난 내 문제를 비껴갈 수 없다. 다름 아닌 바딤 녀석이다. 셰넌에서부터 제시, 샐리, 폴리, 제니퍼, 킴, 안젤리나, 게다가 영어 수업에 나오는 뉴저지의 앨리슨을 거쳐서 로잔나에 이르기까지 여자애들이라면 누구랄 것도 없이 바딤을 보는 순간 그 즉시 사랑에 빠지지 않던가. 바딤은 첫날 등장한 순간부터 교실을 환하게 만들었고, 여자애들은 본격적인 유혹에 들어가기 위해 준비운동을 하듯 그에게 다가갔다. 그때 나는 이런 생각이 들었다. '바딤 저 녀석은 언제든 방에 들어가서 기다리고만 있으면 여자애들이 제 발로 찾아들겠군.' 방에서 누군가가 오길 기다리고 있는 것, 그게 바로 지금 내가 매일 하는 일이다. 아빠와 엄마는 그런 나를 보며 내게 거짓말을 한다. 병원 규칙상 사람들이 면회 올 기회가 극히 드물기 때문이라고.

"이 병원에선 면회를 제한하고 있더구나."

내가 조개껍데기를 뒤집어쓰고 있기 전, 난 바딤과 협정을 맺었다. 사내 녀석들끼리의 약속이었다. 영어 수업은 올해 바딤과 내가 함께 듣는 유일한 수업인데, 그 수업의 모든 여자애를 네가 유혹해도 난 상관없다고 했다. 심지어 우리 학교의 모든 여자를 다 유혹해도 좋아. 다만 세 여자만은 제외야. 우리 누나와 엄마, 그리고 니콜. 난 남자답고 씩씩하게 보이기 위해 누나를 확실하게 콕 집어서 말했다. 하지만 바딤은 원하기만 하면 뭐든 다 할 수 있는 놈이다. 그래도 우리 엄마의 경우엔 문제가 다르다. 그 녀석이 엄마를 꼬시면 엄청 복잡해진다. 특히 우리 아빠와의 문제가. 그런데 오늘, 사지 마비가 된 내게 그것보다 더 끔찍한 게 있으니, 그건 니콜 때문에 불안에 떨어야 한다는 거다. 바딤, 이 녀석 혹시 니콜의 이름을 알아내기 위해 벌써 그녀에게 키스를 한 건 아닐까?

난 내 유년시절을 망쳤다는 생각이 든다. 그때 난 담대하게 모래 구멍에서 뛰쳐나왔어야 했다. 그리고 벌거숭이 모습으로 뛰어다녀야 했다. 지금 난 텅 빈 병실에서 잠을 못 이루고 있다. 물속에 있는 누나 옆으로 다가갔던 때를 떠올린다. 누나가 소리를 지르면서 날 밀쳐냈었지. 그래서 난 멀리까지 헤엄쳐 나갔었지. 그런데 머리와 온몸에 갑각류 같은 껍질을 뒤집어쓰고 있는 지금은 거센 파도들이 나를 밀어낸다. 그래서 다시 물에서 나와 모래 구멍 속으로 돌아가서 두 팔로 무릎을 감싸고 웅크려 앉는다. 엄마가 간식을 갖다주러 온다. 엄마는 내 은신처까지 오기 위해 바위를 기어올라와야 한다. 내게로 몸을 굽힌 엄마의 젖가슴이 흔들린다. 엄마가 바나나 하나를 내밀지만, 난 거절한다. 솔직히 밑에서 엄마의 엉덩이를 보는 건 혐오감을 일으키기 때문이다. 그러자 엄마가 내게 하얀 벙거지를 던져준다. 그래서 아빠, 엄마, 누나, 나, 우리 가족은 벌거벗은 몸에 하얀 벙거지만 쓴 채 모래밭 위에 흩어져서 하루를 마친다. 니콜을 생각한다. 그 애만이 나를 이 끔찍한 상태에서 꺼내줄 수 있는 유일한 사람이다.

난 눈을 더 꼭 감는다. 눈꺼풀 밑에서 눈동자가 위아래로 움직인다. 마치 눈을 뜨고 암흑 속에 뛰어든 기분이다. 눈을 뜬 채 암흑 속으로 뛰어내리면, 정말 암흑이 뭔지 알 수 있을 거라는 확신이 든다. 만일 정신과 의사가 알면, 자기 진단이 확실했다고 으스대겠지? 오늘 아침부터 그 대단한 실력자들 팀이 내가 자살하려 했던 건 아닌지 묻기 시작했다. 난 추락 사고 때문에 병원에 왔는데, 의사들은 추락 사고가 아니라 자살이 아닐까 의심하고 있었다. "자살이라고요? 그런 말씀하지 마세요, 안 그래도 힘든 우리 애가 그 말 때문에 천 배나 더 괴로워하겠네요." 엄마가 실력자 의사들에게 말했다. 그러자 그들은 몹시 거북해하면서 말하기를, 내 경우는 육신만 마비된 게 아니라, 마음도 깨졌을 가능성이 아주 크다고 했다. "부인, 아마도 아드님은 죽으려고 일부러 뛰어내렸을지도 몰라요. 혹시 실연으로 괴로워했던 건 아닐까요? 편집증 증상은 없었나요?" 그들이 아빠와 엄마에게 물었다. "편집증요? 오, 약간!" 비위가 상한 아빠가 비아냥조로 말했다. "그 애 방이 얼마나 난장판인지 보셔야 하는데! 우울 증상도 꽤 있었죠!" 그러자 엄마가 끼어들었다. "선생님, 우리 앤 정말 착한 애예요." 마치 착한 애랑 자살은 전혀 연관성이 없다는 듯한 어조였다. "우리 애는 농담도 잘하고, 학교에서도 아무 문제없었어요. 게다가 성적도 별로 나쁘지 않았다고요!" 거기서 아빠가 다시 나섰다. "물론 우리 아들이 우리를 좀 꽉 막힌 부모로 보긴 했을 겁니다. 하지만 그거야 그 나이 땐 다 그런 거 아닙니까?" 다시 엄마가 물었다. "그럼 선생님들은 혹시 우리 애가 조울증이라는 건가요?" "아니." 아빠가 엄마에게 대답했다, "이분들 말은 편집증 마니아라는 뜻이야." 아빠는 아직도 내가 6층에서 떨어졌다는 사실이 실감 나지 않는데, 그것도 모자라 자살이라는 말로 자신들을 긁으러 왔다는 것에 몹시 화가 난 것 같았다. "혹시 최근에 아드님이 친구들과 무슨 문제가 있었던 건 아닐까요?"

창문에서 투신하는 건 사람들의 눈길을 끄는 자살법이란다. 사람들의 주의를 끌고 싶은 청소년들에게서 그런 현상을 자주 본다고 의사 중 한 명이 말했다. "사람들의 주의를 끈다고요?" 아빠가 되물었다. "우리 윌코는 천성적으로 주의를 끌고 싶어 하는 애가 아닙니다. 전혀 그런 유형의 애가 아니에요. 그 애가 항상 우리에게 해왔던 말이 있지요. 항상(그때 엄마가 아빠의 말을 받아서 2092년도의 목소리로 분명하게 말했다. "맞아요, 항상 그랬어요. '3개월 전부터 갑자기 그런 말을 하더라.' 이런 게 아니라 예전부터 항상 해온 말이에요.")." 아빠가 다시 말을 이었다. "인생을 착실하게 잘 살고 싶다는 말을 입에 달고 다녔어요. 월말이면 월급을 꼬박꼬박 받으면서 말입니다. 게다가 살기 위해서 일하는 거지, 일하기 위해서 사는 건 아니라는 말도 했지요. 그러면서 미술에 대한 열정까지 접었어요. 현실적인 삶을 살기 위해서라는 겁니다. 자기의 자유로운 시간을 스포츠와 취미 외의 다른 일로 낭비하고 싶지 않다는 이유였어요." 엄마가 아빠의 말을 이었다. "나중에 우리 애가 그린 그림도 좀 보세요. 그 애는 누구에게 강한 인상을 남기고 싶어 하는 애가 아니에요. 맹세할 수 있어요. 어쨌든 엄마인 내겐 확실히 그런 애였어요! 우리 애는 일곱 살이 지나고 나서야 처음으로 입과 눈, 눈썹을 가진 완전한 눈사람을 그리는 데 성공했죠. 팔까지그린 건 일곱 살 때였고요. 내가 미술 선생이어서 잘 알아요, 그 애가조금이라도 남의 눈길을 끌고 싶어 하는 애였다면 누구보다 내가 먼저 느꼈을 거예요. 아, 언젠가 그 애가 눈사람의 입과 턱 사이에 동그라미 하나를 그린 적도 있긴 해요. 그게 뭐냐고 내가 물었더니, '눈사람의 배'라고 하더군요." 그러자 아빠가 더 자세히 말할 필요 없다는 듯이 엄마의 말을 가로막으며 말했다. "윌코는 신중한 애입니다. 어떤 경우에도 자기 몫을 해내는 아이죠. 어느 모로 보나 그 애는 절대로 충동적인 행동을 할 애가 아닙니다." 엄마가 다시 나섰다. "우리 앤 솔직하고, 사려 깊어요. 그러면서도 늘 자족할 줄 아는 아이죠." 그때 아빠가 덧붙였다. "게다가 그 애는 목수가 되고 싶어 했어요. 자, 이게 우리 아들의 정확한 모습입니다. 이게 윌코의 전부예요. 두 다리로 땅을 딛고 사는 현실적인 애란 말입니다." 엄마가 결론을 내렸다. "그 애는 절대로 편집증이나 우울증이 있는 애가 아니에요, 정말이에요."

아, 아빠와 엄마는 나를 믿고 있었다! 목수 이야기를 기억하다니!언젠가 물리 점수로 3점을 받아간 적이 있었는데, 그때 내가 목수 이야기를 꺼냈다. 물리 성적이 워낙 좋지 않았기에 평소처럼 '다음엔 더 열심히 할게요.' 하는 정도의 말로는 그냥 넘어갈 수 있을 것 같지 않았다. 설렁설렁 공부하는 나의 태도를 고치기 위해 맘먹고 극단의 조처를 할 것 같은 두 분의 표정을 보는 순간, 난 그만 겁에 질려버리고 말았다. 어떻게든 물리 점수에 대한 두 분의 관심을 다른 쪽으로 돌려야 했다. 그래서 생각해낸 게 목공예였다. 심지어 난 고급 가구세공 분야의 장래성에 대해서까지 열변을 토했다. 아빠와 엄마는 내 말에 흡족해했다. 왜냐하면, 내가 갑작스레 목공예에 관심을 두게 된 게, 몇 달 전 우리 가족이 생 캉탱에 갔을 때 실내장식 고등학교를 방문했던 것과 무관하지 않다고 여겼기 때문이다. 그때 아빠와 엄마가 미술 직업학교 졸업장이 얼마나 가치 있는지, 더욱이 정확성과 숙련성, 완벽성이 얼마나 중요한지 열심히 설명할 때, 솔직히 누나와 난 한숨을 푹푹 쉬면서 아무 관심도 없다는 태도로 우리의 불만족을 표현했었다. 심지어 아빠가 우리에게 아이스크림을 사주겠다고 했을 때도 우린 그까짓 아이스크림 정도로 그렇게 쉽게 기분을 바꿀 나이가 아니라는 걸 보여주려고 단칼에 거절했었는데…….

그때 옆방에서 벨이 자지러지게 울리기 시작했다. 잠시 후 간호사 한 명이 내 병실로 뛰어 들어와 의사들을 불렀고, 의사들은 내 자살 여부를 따지는 심문을 멈춰야 했다. 몸 상태로 보건대, 난 더는 아무것도 시도할 수 없는 몸이건만, 그래도 병원 측에서는 혹시라도 내가 흥분한 상태가 될까 봐 감시를 늦추려 하지 않았다. 그래서 의사들은 이제 산소호흡기가 필요 없게 된 옆방 환자를 살피러 우르르

나가면서도, 인턴 한 명을 남겨놓는 걸 잊지 않았다. 혼자 남은 의사는 나의 반응을 주의 깊게 관찰하는 것 같았다. 흠, 역시 불안해하는군. 어쨌든 경보기는 멈췄다. 인턴마저 나가고 나자, 부모님은 나를 안심시켰다. "걱정하지 마, 저 사람들이 괜히 자살이라고 우기긴 해도, 실력은 있는 의사들이야. 그래서 네 육신은 그들에게 맡기겠지만, 네 머리는 절대로 안 맡길 거니까 걱정하지 마."

"그럼, 네 머리는 반드시 우리가 돌볼 거야." 아빠가 되풀이해서 말했다.

그 순간 엄마의 눈빛이 80년대의 눈빛으로 변하는 걸 보았다. 아빠와 엄마가 우리 집에서 열었던 댄스파티에서 본 눈빛이었다. 디스코음악에 맞춰 변하던 엄마의 눈빛. 그때 엄마는 음악을 선곡해서 틀어주는 일을 맡고 있었다. 엄마의 두 눈은 얼른 리샤르 코시앙트(뮤지컬 〈노르트르 담 드 파리〉의 노래들을 작곡한 작곡가 겸 가수)의 노래를 틀 수 있는 순간이 와서 아빠의 어깨에 기대어 살포시 감길 수 있기만을 기다리는 것 같았다. 구린 음악, 그게 바로 엄마의 모순이고, 아빠의 모순은 그런 엄마의 모순을 사랑한다는 거다. 평소에 아빠는 르노(르노 피에르 마뉘엘 세샹 - 1970~80년대에 프랑스에서 큰 인기를 누렸던 싱어송라이터 겸 배우)나 르 포레스티에(1960~70년대에 활약했던 통기타 싱어송라이터)가 쓴 가사가 아니면, 어떤 노래든 비판은 커녕 아예 무관심을 보이는 사람인데…… "어머, 나 좀 봐, 깜빡했네, 소변을 보게 해야 하는데!" 엄마가 말했다. 그러고는 잠시 병실을 떠났다. 엄마가 잠깐이나마 나를 떠나 기력을 회복할 수 있는 시간이다. 난 아빠에게도 그런 휴식을 주기 위해 눈을 감았다. 그러면 아빠는 유쾌하게 휘파람을 분다. 엄마가 화장실에 갈 때마다 늘 그런다. 그건 항상 사이가 좋은 우리 아빠와 엄마가 부리는 마법이다. 그 마법은 음악적이다. 사실 난 식물인간이 되고 나서야 비로소 우리 아빠와 엄마 사이를 이어주는 사랑을 이해하기 시작했다. 어쩌면 그 사랑을 이해하기 위해 식물이 된 건지도 모르겠다.

다양성을 추구하는 엄마의 그 구린 취향 때문에 분위기를 완전히 망칠 수밖에 없었던 키스들이 문득 떠올랐다. 프뤼당스에게 했던 키스까지도. 열세 살 때였다. 12월 31일의 자정 파티에서 난 사촌인 프뤼당스에게 키스하는 너무나 부끄러운 짓을 하고 말았다. 사실 제목부터 영 촌스럽고 아코디언 소리가 쿵작쿵작하는 〈오리들의 춤〉을 배경으로 키스를 한다는 건 쓰레기통에 기대어 키스하는 것만큼이나 김이 팍 새는 일이다. 처음엔 리오넬 삼촌이 그 애와 슬로우 곡을 췄지만, 그 애는 곧 자기 아빠를 밀쳐냈다. 그때 난 엄마와 춤을 추는 중이었다. 바딤의 엄마를 생각하면서……. 그러고 보니 바딤의 엄마는 지금쯤 이 늦은 시간에 우리 누나의 머리카락을 자르고 있을 것이다. 아마 누나의 귀에 대고 이렇게 속삭일 테지.

"너무 걱정하지 마. 네 동생은 아주 건장한 청년이니까, 금방 일어날 수 있을 거야."

(물론 그때 내가 니콜을 알고 있었다면, 당연히 바딤의 엄마가 아닌 니콜을 생각했을
거다. 분명히 밝히는 거지만.)

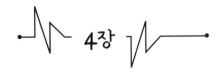

4장

오늘 아침에는 누나가 나와 단둘이 있겠다고 고집을 부렸다. 그래
서 아빠와 엄마를 내 병실에서 쫓아냈다. 아빠와 엄마는 몇 번이나 되
돌아와서 비상벨이 있는 곳이며, 이것저것 지시할 것들을 확인하고 나
서야 겨우 병원 안의 카페테리아로 향했다. 두 분은 우리만 남겨놓고
가는 게 못 미더워 얼마나 걱정을 하던지, 결국 누나 입을 통해 "제라
질!"이라는 소리를 듣고 말았다. 그건 '제기랄'과 '우라질'을 합성한
신종 욕설로, 아빠와 엄마가 절대 누나의 입에서 나오길 바라지 않는
말이었다. 그 말의 효과로 아빠 엄마는 27분 동안이나 병실을 떠나있
었다. 그 27분 동안 난 내가 태어났을 때부터 누나가 날 사랑해왔다
는 걸 알게 되었다. 비록 그 사랑을 좀 더 나은 방식으로 표현하지
못한 적이 많긴 했지만.

"내가 널 밀치고, 때리고, 소리 지른 적도 있었지. 그리고 내 생일이
아니라는 이유로, 또 내가 주인공이 아니라는 이유로 사람들 앞에서
불평하고 화내고 욕해서 분위기를 망쳐놓은 적도 있었고. 내가 지금
얼마나 후회하고 있는지 몰라."

누나가 사춘기를 겪고 있어서 그런 거라고 엄마가 내게 설명해준

적이 있었다. 하지만 난 그런 변덕스러운 감정이 사춘기 때문이라기보다 누나에게는 나쁜 여자의 특허를 얻고 싶은 욕구가 있기 때문이라고 믿는다. 내가 이걸 엄마에게 설명하기는, 특히 지금으로서는 너무 어렵다. 그래서 누나가 변덕스러운 기분으로 포장하고 있는 그 이면에 또 다른 감정이 감춰져있다는 걸 나 혼자만 알고 있기로 한다. 누나에게는 뜨겁든지 차든지, 예든지 아니요든지, 뭐든 분명해야 한다. 누나는 자신이 얼마나 악역을 제대로 소화하고 있는지 측정해보길 좋아한다. 언젠가 누나는 자기가 아빠랑 전혀 다른 유형, 그러니까 이거면 이거, 저거면 저거, 소신이 분명한 상남자 스타일을 좋아한다고 했었다. 물론 아빠가 없을 때, 엄마 들으라고.

난 우리의 괴로웠던 과거에 대한 누나의 독백을 들으면서, 누나가 치명적인 여자, 즉 팜므파탈 유형이라고 생각했다(아닌 게 아니라 누나는 지금 빡빡 깎은 머리를 하고 있어서 매우 치명적이긴 하다). 그런데 그 누나가 지금, 자기는 기적을 믿고 있다고 말한다. 게다가 그 기적을 일으키는 데 자신도 작게나마 참여하기로 했다는 말을 덧붙였다. 그러고는 무슨 기업 사장 같은, 심지어 국가원수 같은 어조로 선언했다.

"네가 다시 일어나기 전까진, 난 어떤 남자와도 자지 않을 거야."

아마도 이런 게, 1년에 한 달씩 자연주의 문화교육을 하는 집의 자녀들이 보여주는 행동이 아닐까 싶다. 그들은 자신의 육체를 하찮은 것으로 여기지 않고, 오히려 정신을 담는 그릇으로서의 중요성과 영향력을 지녔다고 믿는 것이다. 그러고 나서 누나는 울기 시작했다.

"네가 이렇게 딱딱한 껍질 안에 갇혀있는 걸 볼 때마다, 난 내 육체의 즐거움을 거부하게 돼. 이제부턴 언쟁이나 다툼도 거부할 거야. 아, 내 동생!" 누나는 그렇게 말했다.

누나의 그 말은 지나간 어느 날을 떠올리게 했다. 우리 가족이 해변에서 하루를 보내고 났을 때였다. 우린 디즈니 영화를 보러 가는 대신 물 박물관을 방문하고 시립 도서관을 한 바퀴 돈 후 숙소로 돌아왔다. 돌아와서도 아빠와 엄마는 픽셔너리 같은 단순한 보드게임이 아니라, 스크래블이나 트리비어 퍼슈트 게임을 하자고 했다. 그러자 누나가 우리 둘을 대표해서 격하게 항의했다. 게임에서조차 이렇게 단어 맞추기나 퀴즈 맞히기 같은 교육용 게임만 골라서 해야 하는 거냐고. 아빠와 엄마의 지적 수준이 남다르다는 걸 꼭 이렇게 티를 내야 하는 거냐고.

누나는 쉽지 않았을 말을 내게 속사포 쏘듯 마치고 나서, 반질반질한 자신의 맨머리를 손으로 만지며 말했다. "이렇게 보기 흉한 모습으로 있는 게 오히려 맘 편해. 난 머리카락을 그냥 둘 수 없었어. 상징적으로 머리카락이라도 제로로 만들고 싶었어. 이건 너에게 내 힘을 준다는 뜻이야. 난 어떻게든 너에게 내 힘을 나눠줄 거야." 누나가 흐느끼기 시작했다.

난 혹시 누나가 나와 사랑에 빠진 게 아닐까 하는 생각까지 얼핏 들었다. 잠시 후 누나는 코를 풀고 나서, 너무 흥분한 것 같아서 미안하다고 했다. 그리고 아빠와 엄마가 돌아왔을 땐 미소를 지었다. 만일 누나가 했던 말을 두 분이 들었더라면, 사랑하는 사람을 위해 힘의 근원인 머리카락을 잘라내는 영화 〈삼손과 데릴라〉의 교훈을 우리가 열여섯, 열일곱의 짧은 생애 속에서 벌써 두 번이나 적용했다며 무척 자랑스러워했을 것이다. 나머지 한 번은 중학생 때 정신 지체아 합창대가 지체아들을 위해 머리를 자른 걸 보고, 전교생이 모두 참여했을 때다.

"바딤 엄마도 정말 너무했지 뭐야." 엄마가 탄식하며 말했다. "위로차 우리 집을 방문한다고 했을 때 괜찮다고 거절했어야 했어! 이미 아파 누워있는 환자가 있는데, 딸의 머리까지 이렇게 만들어놓을 필요가 뭐가 있느냐 말이야."

"그녀를 믿고 있었는데, 과연 제대로 솜씨 발휘를 했군. 어쨌든 그녀는 미용사야."

아빠는 앙드레아의 머리카락이 한 달에 1~2센티미터씩 다시 자라날 거라고 상기시켰다. 난 아빠가 중요치 않은 일에 더는 시간을 빼앗기고 싶어 하지 않는다는 것과 그럴 시간이 있으면 차라리 그 시간에 조금이라도 더 나와 함께 있고 싶어 한다는 걸 이해할 수 있었다. 아빠는 그렇게 말하고 나서, 다 녹은 미스터 프리즈 하나를 꺼내 먹었다. 리오넬 삼촌은 병실 냉장고엔 냉동실이 없는 경우가 많다는 생각을 미처 하지 못했던 것 같다. 엄마가 다가와서 내 이마에 입을 맞추고는 내가 이미 알고 있는 사실을 전해줬다.

"아빠가 미스터 프리즈 하나를 드셨단다."

이런 식의 경고는 아빠를 좀 짜증 나게 했을 텐데도, 아빠는 아무 말 하지 않았다. 비록 내가 쓰지 않는다고 해도, 다른 사람이 내 물건에 손을 대선 안 된다는 게 엄마가 줄곧 주장하는 바였다. 그래서 엄마는 '미스터 프리즈는 리오넬 삼촌이 윌코에게 선물한 것이니, 윌코의 허락 없이 먹으면 안 된다.'는 걸 아빠에게 몇 번이나 상기시켰다. 그때마다 아빠는 상냥하면서도 강렬한 시선과 깊은 눈동자로 엄마를 바라봤다. 만일 건강한 몸이었더라면, 난 틀림없이 그 시선이 지닌 깊이를 조금도 가늠하지 못했을 거다. 그래서 서로 사랑하는 사람들의 시선이 어떤 건지도 전혀 느끼지 못했을 거다. 난 봄인 지금 엄마의 향수가 바뀌었다는 걸 알았다. 그리고 후각을 잃지 않았다는 것도 깨달았다. 하지만 후각이 살아있다고 해서 동물적 후각, 말하자면 예감까지 잃지 않았다는 뜻은 아니다. 왜냐하면, 바딤이 배신할 수도 있다는 사실을 전혀 예상하지 못하고 있었기 때문이다. 지금의 내 머릿속엔 그 생각이 떠나질 않는다.

의사 한 명이 들어왔다.

"자살 문제 때문에 왔습니다."

의사는 아빠와 엄마에게 인사하고, 나를 향해서도 머리를 까딱했다. 나도 고갯짓을 하고 싶었지만, 몸의 어느 한 곳도 움직이지 않아서(제라질!) 그저 눈과 함께 턱만 까딱했을 뿐이다. 그걸 본 엄마가 나더러 목이 마르냐고 물었다.

"물은 마시나요?" 의사가 물었다. 그때 아빠가 날카로운 소리로 말했다. "또 그 문제를 꺼내겠다는 겁니까! 안 됩니다!" 그러자 엄마가 아빠에게 잠깐 나가서 쉬고 오라고 제안했다. "아, 보호자님, 죄송합니다. 우린 단지 윌코가 책상을 창가로 옮겨놓고 그 위에 올라간 이유가 궁금한 것뿐이에요." 의사가 그렇게 사과하고 나서 말했다. "제발 협조 좀 부탁드립니다."

"좋소, 탐정 양반." 아빠가 말했다. 그때 엄마가 창문을 바라보며 말했다. "혹시 갑자기 하늘을 날고 싶어서 그랬던 걸까요? 신문 사회면에 보면 하늘을 날아보려고 했던 아이들 이야기가 가끔 실리잖아요." 그러고 나서 그걸 증명이라도 할 듯이 말을 이어갔다. "그날 아침에요, 그 사고가 일어나기 직전에 내가 윌코에게 창문을 닫으라고 말했어요. 쌀쌀한 바람이 복도까지 들어와서요. 그 애가 몇 달째 창문을 열어놓고 지냈거든요."

"그렇다면 어머님 말씀은, 아드님이 뛰어내릴 생각을 한 게 오래되었다는 건가요?" 의사가 아빠는 무시하고 엄마에게 집중적으로 물었다. 나도 아빠를 포기해야 했다. 아빠가 한자리에서 뱅글뱅글 돌고 있어서 그걸 보고 있으려니 어지러웠기 때문이다. 원의 지름이 점점 작아지고 있었다.

"아마 더 높은 곳에서 내려다보고 싶어서 책상 위로 갔을 거예요." 엄마가 말했다. "공중을 날고 싶을 때 사람들이 그렇게 하잖아요,

안 그래요?"

그러자 아빠가 맴돌기를 멈추더니, 한 팔로 엄마의 어깨를 감싸 안으며 말했다. "정말 짜증 나는군." 만약 누나가 그 동작을 봤더라면, 아빠가 상남자라면서 감탄했을 것이다. "이것 보세요, 의사 선생님, 우리는 월코가 왜 떨어졌는지 모릅니다. 단지 발을 헛디뎠든지, 미끄러졌든지 해서 그런 거지, 결코 고의로 그런 게 아니란 것만 확신할 뿐이에요. 그러니 우리 애가 자살했다는, 그런 말도 안 되는 소리를 하실 거면 오지 마세요. 특히 우리 아들 앞에서 말입니다. 우리애는 지금 다시 일어서려고 있는 힘을 다해 애쓰는 중이에요. 그런데 의사란 사람들이 들어와서 그런 멍청한 말만 늘어놓다니요! 고의가 아닌 부주의로 죽을 뻔한 사람들이 얼마나 많습니까!" 그러자 엄마가 동의하며 나섰다. "맞아요, 저만 해도 화가 나면, 눈을 감고 길을 건너곤 하는 걸요." 아빠가 엄마의 어깨를 더 힘껏 껴안았다⋯⋯. 아빠의 그 동작이 엄마가 안쓰러워 그런 건지, 아니면 입 다물고 있으라고 채근한 건지 나로서는 알 길이 없다. 그건 엄마도 마찬가지인 듯했다. 이렇게 말했기 때문이다. "왜, 여보? 어쩜 월코가 커튼을 잡으려고 그랬던 걸까? 포스터를 붙이려고?"

"창문이 열려있는데 포스터를 붙이려 했다고요?" 의사가 되물었다. 그리고 아빠와 엄마에게 제발 합리적으로 생각해달라고 부탁했다. 그러자 아빠가 월요일의 말투로 대답했다. 월요일의 말투란, 검사를 끝낸 과제물을 돌려줄 때나, 학생들이 왕들의 이름이나 공화

국 이름을 헷갈려 할 때 아빠가 쓰는 말투다. 까만 폴로셔츠 차림으로 들려주는 그 말투는 학생들이 감히 아빠의 반소매 셔츠도 비웃지 못하게 만드는 아우라를 풍기고는 했다. 아빠가 말했다. "선생님, 분명하게 말씀드리지요. 우리 아들은 이제 팔다리를 사용할 수 없게 되었어요. 말도 할 수 없고요. 우리 애는 지금 순전히 기계에 의지해서 먹고 마시고 호흡하고 삼킵니다. 사실 우리는 그 애에게 아직 머리가 있는지 없는지도 몰라요. 그러니 제발 과거 이야기로 아이를 혼란스럽게 만들지 마세요. 그럴 시간이 있으면, 해결책을 찾아서 미래에 희망을 좀 가질 수 있도록 신경 써주세요. 언젠가는 저 애를 의자에 앉혀서, 집으로 데려갈 수 있게 말입니다. 우리 아들이 결혼도 하고, 아버지도 될 수 있게요." 그러고 나서 아빠는 한마디 더 덧붙였다. "말귀가 있다면 알아들었겠지!" 이 애매한 표현은 우리 집에서도 온 가족을 납빛이 되게 만든다. 특히 그 말끝에 '됐어!'라는 말이 뒤따라오거나, 한술 더 떠서 '무슨 말을 더하겠나!'라는 말까지 덧붙여지면, 이제 아빠의 분노가 가라앉길 기대하는 건 프랑스 퀼튀르 방송(음악이나 연예 프로는 없이 문화, 정보만 전해주는 방송)에서 음악이 나오길 기대하는 거나 마찬가지다. 수업 중에도 그랬다. 아빠는 참다 참다 더는 못 참겠다 싶으면 '말귀가 있다면 알아들었겠지.'를 사용했다. 그럴 때면 난 긴장감을 풀기 위해 여름날의 해변을 상상하고는 했다. 아빠가 물속에서 나와, 힘주어 한껏 들어간 배를 하고서 비치타월을 펴놓은 곳까지 종종걸음을 치는 장면이다. 자리로 돌아오면 아빠는 타월로 몸을 두르는 법 없이, 벌거벗은 몸 그대로 당당하게 드러누웠다. 그러면서 17도의 수온 탓에 쪼그라든 자신의 연장을 흘깃 바라보고는 한다. 그러나 의사는 '말귀가 있다면'이라는 아빠의 표현에 전혀 우리처럼 반응하지 않았다. "보호자 분의 마음은 충분히 이해합니다. 아버님이 기대하시는 것도 잘 들었고요. 하지만 제가 기적을 일으킬 수는 없어요. 질병이나 외상과의 전쟁은 제 생활의 일부죠, 그걸 아셔야 합니다." 의사는 나가면서 그렇게 말했다. 그러자 엄마가 중얼거리듯 말했다.

"윌코, 걱정하지 마. 의사들이 허세 부리고 있는 거야."

아빠가 침대 귀퉁이에 앉았다. 그리고 두 발을 침대 바퀴에 올려놓았다. 그 바람에 내 몸이 1밀리미터 움직였다. 난 아무것도 못 느꼈는데, 엄마가 그렇게 투덜거린 탓에 그런 줄 알았다. 아빠는 다시 말없이 『우리 안에서 살아가는 망자들』을 읽기 시작했다. 리오넬 삼촌이 지난번에 방문했을 때 기타와 함께 주고 간 책이었다. 마리 노엘 외숙모가 엄마가 선물한 거라고 하면서.

아빠는 두어 장을 넘겨보고는 실소했다. 그리고 두 페이지 정도를 더 읽고 나서, 이런 책일 줄 몰랐다면서 그 책을 내려놓고 다시 『16세기에 있었던 무신앙의 문제』를 집어 들었다. 아빠가 독서를 게을리하지 않으려고 병실에 갖다 둔 책이었다. 엄마가 시간을 보내는 방식은 아빠와 좀 다르다. 병원에서 엄마가 자주 하는 일은 성인을 위한 색

칠하기다. 이것 역시 외숙모의 배려를 보여주는데, 엄마가 내 침대 옆에서 보내는 시간을 조금이라도 덜 길게 느끼게 해주려는 것이다. 곧 다시 오겠다고 했던 마리 노엘 외숙모는 내일이라도 올 수 있겠지만, 어쨌든 오는 시간을 자꾸 늦추고 있는 중이다. 지난번에 삼촌이 와서 했던 말인데, 숙모가 워낙 예민해서 병원에서 나는 냄새를 잘 견디지 못하기 때문이란다.

내가 아직 후각을 갖고 있다는 걸 안다면, 아빠와 엄마는 몹시 행복해할 거다. 아빠는 놀라서 금방 책에서 눈을 뗄 것이다. 그리고 탐정 의사가 왔다 간 이후로 잔뜩 찌푸린 얼굴도 금방 펴질 것이다. 엄마는 얼른 누나에게 전화해서 우리가 어렸을 때 갖고 놀던 '향기 로토' 상자를 당장 갖고 오라고 하겠지. 엄마와 누나는 각종 과일과 꽃향기가 들어있는 갖가지 유리병을 내 코에 갖다대고 온종일 향기 여행을 시켜주려고 할 게 분명하다. 난 내가 좋아하는 향기를 엄마와 누나가 기억하고 있을 거라고 믿는다. 레몬 향과 고소한 땅콩 향과 유칼립투스 향. 엄마의 향기에서 오렌지꽃 향기만 추출한 다음, 거기다 내가 어렸을 때 엎지른 크림을 먹었을 때 났던 바닐라 향과 나무 향을 첨가하면, 니콜의 향기와 비슷해질 거라고 상상해봤다. 난 코로 니콜의 향기를 만들어낼 수 있고, 그걸 찾아낼 수 있다. 내가 마리 노엘 숙모가 오지 않았으면 하는 것도 실은 그 때문이다. 하지만 숙모는 내일 나를 보러 오겠다고 했다. 그 끔찍한 조심성과 함께.

5장

지금쯤은 영어 수업 중일 것이다. 모든 여자애가 바딤을 보며 궁금하게 여긴다. 모두들 제발 자기 옆에 앉아주길 기대하면서 옆자리를 비워두고 있는데, 어째서 바딤은 굳이 니콜 옆에만 앉으려는 걸까? 니콜은 옆자리 의자에 자기 물건을 잔뜩 쌓아두고 있는데. 니콜은 바딤이 다가가자, 얼른 자기 물건들을 치웠다. 그 동작은 호들갑스럽지 않고, 침착하면서도 자연스럽다. 전혀 도발적이지 않으면서, 그렇다고 순종적인 느낌도 아니다(완벽한 여자라고나 할까……).

자기 아빠로부터 '네 사전엔 불가능이란 없다'라는 말을 좌우명처럼 듣고 자란 바딤이건만, 왠지 이번만큼은 자신이 어수룩하게 느껴진다. 니콜과 이야기하는 건 좀 까다롭다. 하지만 내 친구는 괜히 내 친구가 아니잖나. 바딤은 과감하게 돌격하기로 한다. "너 혹시 윌코 기억하니?" 그가 니콜에게 묻는다. 그러자 니콜의 얼굴이 단박에 붉어진다. 바딤이 방금 말한 그 이름이 마치 오랫동안 자기 꿈속에서만 존재하던 이름이었던 것처럼. 내가 고등학교에 올라와서 영어 회화 시간에 그 애를 보기 전에, 정확히는 중학교 1학년 때부터 이미 그녀는 나를 보고 있었다. 그때 그 애가 수도꼭지 버튼을 누르는 걸 내가 도와주었는데, 그때만 해도 그 앤 아직 안경을 쓰지 않았었다. 그때 우린 벽에 고정해둔 노란 비누에서 나는 악취 때문에 함께 웃었었다. 그 이후로 우린 더는 서로에게 한 번도 말을 걸어보지 않았다. 그녀는 내 키가 커가고, 또 나이 들어가는 걸 지켜보았다. 그러면서 머지않아 내게 가까이 가겠노라고 다짐했었다. 그런데 얼마 후에 안경을 쓰지 않을 수 없게 되자, 그녀는 렌즈를 낄 수 있을 때까지 기다리기로 했다. 그녀는 매년 내 뒤를 따라왔다. 예를 들면 자기는 중국어에 매력을 느끼면서도, 중학교 3학년 수학여행 때 바르셀로나로 가기 위해 스페인어를 공부했다. 내가 수학여행지로 바르셀로나를 택할 거로 생각했기 때문이다. 하지만 난 독일을 선택했었다. 교과서에 나오는 철학을 좀 더 쉽게 이해할 수 있으려면 독일어가 유용할 거라던 아빠의 마음을 흐뭇하게 해주기 위해서였다(아바마마, 눈물 겹게 감사하옵니다!).

니콜은 내년에 2학년이 되면 렌즈를 끼기로 했다. 그건 그녀가 본격적으로 사랑의 삶에 뛰어들겠다고 정해놓은 시간이기도 하다. 난 그 이야기를 어떤 남자애에게서 들었다. 그 녀석이 친구들에게 자기는 안경 낀 여자애가 싫다고 하면서, 니콜의 이야기를 꺼냈던 거다. 노란 비누 때문에 함께 웃었을 때, 니콜은 내가 자기를 그저 화장실에서 만난 동급생 여자애로만 본다고 생각했다. 맞는 얘기였다. 왜냐하면, 고등학교로 올라갈 즈음의 나는 오로지 절친인 바딤과의 영원한 우정에만 관심이 있었기 때문이다. 그래서 니콜은 5년 동안 복잡한 사랑의 계략을 세워야 했다. 내가 반드시 그녀의 영원한 사랑이 되어야 했으니까. 그런데 뜻밖에도 바딤이 니콜에게 내 이름을 아느냐고 물어온 것이다. 마침 잘됐지 뭔가.

"응. 윌코, 기억하지." 그녀가 바딤에게 대답한다.

예에에에스!! 니콜은 눈썹을 약간 찡그리며 안도하는 듯한 바딤의 표정을 보고 즐거워한다. 일은 그렇게 된 거다. 그녀는 나를 사랑한다. 사랑의 마음이 통한 걸까? 일시적인 감정일까? 오, 이건 마법이다! 수업 시간에 처음 봤던 9월 이후로 난 그녀가 아침마다 우리 집 창문 밑으로 지나가는 걸 봐 왔다. 니콜은 내 시선을 느낄까? 왠지 내 눈길이 니콜의 두피를 물결치게 만든다는 느낌이 든다. 내 시선이 닿는 순간 니콜의 모근이 열린다. 아침에 일어났을 땐 뒤통수가 납작하게 눌려있어도, 내 방 창문 밑을 지날 때면 어김없이 머리카락이 다시 풍성한 볼륨을 갖는다는 걸 그녀는 알고 있다. 그래서 마치 은밀한 연인의 입술이 등 뒤에서 숨결을 불어넣는 듯한 떨림을 느낀다. 그녀를 향한 내 시선은 아침마다 헤어드라이어의 효과를 낸다. "헤어드라이어 알지?" 니콜이 바딤에게 묻는다. 바딤은 자기 엄마가 헤어디자이너 일을 하고 있어서, 자기도 파마 기구며 머리카락에 윤기를 주는 기구 등을 잘 알고 있다고 대답한다. 그러고는 이런 고백이 여자애들에게 점수 따기 위한 소리처럼 들릴지 모른다는 생각에 잠깐 곤

란해진다. 그래서 더는 다른 말을 덧붙이지 말고, 본래의 주제로 돌아가자고 결심한다. "너, 혹시 그 애 병원에 가볼 생각 없니?" 바딤은 내 사진을 주머니에 간직한 채, 관 속에 들어있는 거나 다를 바없는 내 모습을 니콜의 코 밑에 갖다대는 건 피해주었다(눈물 나게 고맙다, 친구야). "가볼 생각이 있다면, 네가 면회할 수 있는 날짜를 알아봐 줄게." 바딤이 웅얼거리는 듯한 소리로 말한다. 자기 딴에는 보통 여자애들에게 하는 말투와 절친의 미래 아내에게 하는 말투 사이에 분명한 차이를 두려는 거였다. 그런데 그게 어찌나 낮은 속삭임이었던지, 두 사람 뒷자리에 앉아있던 샤논과 킴은 교실을 떠날 때 한가지 확신을 하게 되었다. 바딤이 대마초나 총기를 팔고 있는 게 분명하다고.

바딤은 저녁 8시 30분에 우리 부모님을 만나기 위해 우리 집으로 갔다. 그 녀석은 다섯 살부터 우리 아빠와 엄마를 알고 지내왔다. 우리 우정의 역사가 유치원 시절까지 거슬러 올라가기 때문이다. 유치원에 입학해서 처음 만난 우리 둘은 그날 유치원 문을 나설 때 이미 세상에 둘도 없는 친구처럼 서로의 손을 꼭 잡고 있었다. 그래서 그 녀석의 부모님과 우리 부모님도 서로 가까이 지내게 되었다. 부모님들은 '애들끼리 저렇게 친하니, 어쩔 수 없잖아.'라고 하지는 않았지만, 그래도 애들이 서로 잘 지내기 위해서는 어른들도 가까이 지내야 한다는 생각이었다. 하지만 바딤의 부모인 나데즈와 제롬이 노래방으로 가자고 할 때마다, 우리 부모님인 기욤과 실비에겐 실로 지루하고 재미없기 짝이 없는 시간이었다. 사회학적 관점에서 매우 흥미롭게 여겨진다고 말은 했지만.

벨을 누른 바딤에게 문을 열어준 건 앙드레아였다. 아빠와 엄마는 아직 병원에서 돌아오지 않은 시간이었다. 앙드레아가 까까머리를 한 걸 본 순간, 바딤은 혹시 자기 엄마가 머리를 그렇게 깎아준 거냐고 물었다. 그 말에 앙드레아는 이렇게 물었다. "너도 〈삼손과 데릴라〉 알지?" 바딤은 앙드레아에게 "아니, 몰라." 하고 대답했다. 그 '아니' 야말로 여자애들을 뿅 가게 만드는 것이자, 그의 아빠가 늘 입에 달고 다니는 '아니'였으며, 너무나 솔직하고 확신에 찬 '아니'여서, 어떤 순간에도 '응'으로 바뀔 생각이 조금도 없는 '아니'인 동시에, 설명조차 거부한다는 뜻이 분명하게 들어있는 '아니'였다. 그래도 앙드레아는 바딤더러 들어와서 함께 오페라를 듣자며 끌어들였다. "오페라? 설마!" 바딤은 그렇게 대꾸했지만, 몸은 이미 딱딱한 소파에 앉아있었다. 우리 집 소파가 딱딱한 건, 거실에서 너무 늘어져있고 싶은 마음과 싸우라는 아빠와 엄마의 깊고 깊은 배려 때문이다(다리를 마음껏 쭉 뻗고 있거나 소파에 몸을 푹 파묻고 있으면, 텔레비전을 보고 싶은 생각이 든다는 논리였다. 엥? 우리 집엔 TV도 없는데……).

"방금 1막이 끝났어." 앙드레아가 2막이 시작된다는 걸 알리려고 손가락 두 개를 들어올리며 말했다. 바딤이 집에 가겠다고 사인을 보냈지만, 앙드레아는 그 유명한 듀엣을 듣고 가야 한다면서 말렸다. 그때 바딤의 머리에 번개처럼 스쳐 지나가는 게 있었으니…… 학교에서 자기가 듀엣을 하자고만 하면 감격해서 어쩔 줄 몰라 할 여자애들의 얼굴이었다. 흠, 이 오페라가 뭔가 쓸모 있을지도 몰라, 그래, 잃는 게 있으면 얻는 것도 있는 법이지. 그런 생각이 바딤에게 다시 힘을 주었다. 그는 이제 오페라 이야기를 꺼내서 꼬실 수 있는 여자애들 명단을 그리는 데 골몰하느라 앙드레아가 다리로 자기에게 장난을 걸고 있음을 눈치채지 못한다. 병원 의사처럼 보이는 흰 가운을 입고서, 앙드레아는 스스로 한 약속을 시험해보는 중이다. 만일 바딤이 자기에게 뭔가를 시도한다면, 단박에 그를 밀쳐버릴 셈인 거다. 그러면 그것이 동생을 위한 에너지가 될 것이다. 하지만 바딤의 머릿속엔 누나 생각이 끼어들 자리가 전혀 없다. 며칠 후 자기 집에서 열리게 될 멋진 생일 파티 생각으로 가득 차있기 때문이다. 오늘 저녁 그의 아빠가 회전식 지게차를 갖고 오기로 했다. 다락방 지붕을 수리하기 위해 며칠 동안 그 지게차를 집에 두기로 한 거다. 지붕 수리가 끝나면, 바딤이 그 다락방을 쓰기로 했다. 가끔 그의 집 정원에 이렇게 큰 중장비 기계들이 있을 때가 있는데, 그의 아빠가 개인적 용도로 회사 장비를 쓸 수 있는 권리를 갖고 있기 때문이다. 바딤의 방에는 마니투 회사에서 만든 지게차라든지, 사다리차, 고소 작업차, 굴착기 등 각종 중장비 미니어처가 즐비하다. 그래서 여자애들이 오면 그 앙증맞은 모형들에 껌뻑껌뻑 넘어가곤 한다. 더욱이나 고소 작업차의 바구니 안에는 아기 공룡들까지 가득 채워놓았다(아, 이쯤에서 멈추자. 안 그러면……. 그래도 그 애가 두 발로 설 수 있다는 것만큼은 샘을 안 내려야 안 낼 수가 없다).

바딤으로선 더는 어쩔 수 없었다. 비록 나 때문에 걱정이 되기도 하고, 또 자기 엄마처럼 자기도 늘 불우하고 고통당하는 사람들을 돕겠노라고 약속도 했지만, 그래도 이건 아니었다. 입만 열려고 하면 입술에 손가락 하나를 불쑥 갖다대며 쉿! 하고 말을 막는 이 까까머리 여자애 옆에서 머리가 아프도록 꽥꽥거리는 노랫소리를 듣느라고 멋진 저녁 시간을 망친다니, 이건 정말 아니지. 바딤은 그 자리에서 도망치기로 확고히 결심하고 일어섰다. 앙드레아가 한쪽 어깨를 드러내기로 작정한 게 바로 그때였다. 바딤은 앙드레아가 어디까지 갈 건지 궁금해진다. 앙드레아는 순간 자신이 삭발했다는 사실을 깜빡한다. 그래서 눈앞까지 흘러내린, 있지도 않은 앞머리를 쓸어올리며 머리를 흔들어 위로 올려 보낸다. "자, 이제 난 가야 해." 바딤이 그 말을 한 게 벌써 다섯 번째다. "아무래도 오페라는 내 취향이 아니야." 그러자 앙드레아가 다가가며 말한다.

"너, 나랑 자고 싶었지, 그렇지?"

그러고는 대답도 기다리지 않고, 자기 말을 이어간다. "마침 잘됐어, 왜냐하면 난 절대로 너랑 자지 않을 거니까. 혹시 자게 된다 해도 월코가 회복되어 자기 발로 걸어서 집으로 올 때까진 안 돼. 내기할래?" 바딤은 재빨리 계산해본다. 한 달에 1~2센티미터씩 자라니까, 2년 후쯤이면 앙드레아의 머리카락도 보기 괜찮을 정도로 자라있을 거다. 그는 내가 조개껍데기 속에서 완전히 빠져나오려면 그 정도 시간은 족히 걸릴 거로 생각했다. 그래서 내기를 했다. "자, 그럼 좋은 저녁 시간 보내!" 바딤은 누나에게 그렇게 인사를 건네고 현관으로 돌진한다. 마침 그 순간 우리 부모님이 도착했다. 아빠와 엄마는 앙드레아를 보고 또 소스라치듯 놀란다. 딸의 까까머리가 아직도 익숙하지 않은 까닭이다. 바딤은 왠지 당황스럽고 혼란스러운 기분에 집중도 잘 안 된다. 그래서 니콜이 언제쯤 면회를 가도 좋을지 물어보는 것도 잊은 채 황급히 인사만 하고 우리 집을 떠난다.

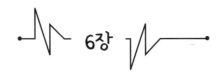

6장

"방향유 종류가 43가지나 돼요." 마리 노엘이 병실에 방향제를 두 번째 뿌리면서 말한다.

"병원 냄새와 음식 냄새는 이제 끝이야!"

외숙모의 말에 엄마가 대꾸한다.

"있잖아, 윌코는 아무것도 안 먹어."

그러자 마리 노엘은 방향제 분무를 멈추고 잠깐 생각해보더니, 이렇게 말했다.

"그럼 우리 조카는 굉장히 순수한 영혼이겠네요!"

프뤼당스는 마스크를 최대한의 높이까지 끌어올린 채 옆눈으로 나를 바라봤다. 얘는 우리가 열세 살 때 새해맞이 파티에서, 내가 자기 입에 키스하며 혀를 넣으려다 실패했던 걸 기억하고 있을까……. 열네 살 때 파티에선 그 애 팬티에 손을 넣었었는데, 그것도 기억하고 있을 까……. 솔직히 지금은 아무리 생각해도 뭐라 결론을 내리기 어렵다. 그때가 자정이 되기 10분 전이었다. 열두 시가 되길 기다렸다가 키스를 하면 방해를 받게 된다. 자정이 되면 모두 새해 키스를 하러 거실로 내려가야 하기 때문이다. 게다가 모두가 하는 거라서 해야 하는 키스는 우리가 공들여 만든 친밀한 분위기를 깨뜨려버리고 말 것이다. 우리는 내 방 책상 위로 창문 커튼을 내려뜨려서 책상 밑에 작은 오두막을 만들어 둔 참이었다. 오두막을 만든 건 그 애의 아이디어였다. 나는 그 매력적인 제안에 자석처럼 마음이 끌렸다. 누나는 친구들과 함께 자기 방에 있었다. 누나까지 모두 여섯, 그러니까 여자 셋, 남자 셋이었다. 그러니 그들도 자정이 되면 짝을 지어 프렌치 키스를 할 게 틀림없다. 자정 10분 전이 되었다. 난 어쩔 수 없이 하는 키스는 내 인생에서 이번이 마지막이기를 간절히 바라면서, 또 이 키스를 방해하는 사람이 아무도 없기를 바라면서, 프뤼당스에게 덤벼들었다. 그 애의 머리카락이 좀 무겁게 느껴졌다. 아마도 외출 전에 머리를 감는 게 귀찮았던 모양이다. 키스를 했을 때, 난 코가 방해되지 않는다는 걸 알고 안심했다(코는 호흡을 방해하지 않고 서로 엇갈렸다). 오히려 나를 방해한 건 희미하게 나는 역한 냄새였다. 확실히 그 냄새는 내 흥분이 고조되는 걸 방해했다.

프뤼당스가 두 팔로 내 목을 둘렀다. 난 그날 티셔츠를 입고 있었다. '비바 마니투 2015'라고 씌어있는, 녹색과 주홍색의 끝내주는 티셔츠인데 바딤의 아버지가 선물한 거였다. 그래서인지 프뤼당스와의 접촉이 자꾸 신경 쓰였다. 난 충만함을 느끼고 있는 듯한 그 애와 몸을 딱 붙인 채 잠시 생각해보았다. 이제 남은 5분 동안 두 번째 키스를 끝내고 몸을 떼어야 한다. 갑자기 누가 들어와서 근친상간을 범하고 있는 우릴 목격하기 전에. 그래서 난 얼른 그 애의 입술에 내 입술을 갖다댔고, 그 애가 거부하지 않도록 목에 입을 맞추면서 그 애의 두 팔에서 조심스럽게 **빠져나왔다**. 아직 5분이 남았으니 가슴을 만져볼 시간이 조금 있다(현재를 즐겨라). 나는 얼른 두 팔을 앞으로 뻗었다, 몽유병 환자처럼. 그리고 프뤼당스의 못생긴 얼굴을 보지 않으려고 눈을 감았다. 프뤼당스가 작게 신음을 했는데, 앓는 소리 같아 불쾌하게 들렸다. 어쨌거나 난 양손으로 마치 오렌지를 짓누르듯이 그 애의 가슴을 마구 만졌다. 그러고 나서 블라우스 밑으로 두 손을 집어넣었다. 다시 눈을 뜨고 시계를 보았다. 아직 3분이 남았다. 내 손이 여자의 가슴을 만지고 있다는 걸 직접 보고, 또 내가 사내의 행동을 하고 있음을 확인할 수 있는 시간이다. 그래서 그 애의 블라우스 단추를 풀고, 브래지어를 가슴 밑으로 끌어내렸다. 프뤼당스가 입을 반쯤 벌렸고, 두 눈은 죽은 사람처럼 감겼다. 그때 그 애의 넓적다리가 벌어지면서 베이지색 팬티가 살짝 보였다. 그걸 더 가까이서 볼 수 있는 2분이 아직 남아있다. 그런데 시간이 얼마 없다는 걸 그 애도 알았던 것 같다. 자기 손으로 팬티 한쪽을 내려서 내가 볼 수 있게 해주었기 때문이다. 그러는 사이에 거실에선 카운트다운이 시작되었다. 60, 난 손가락 하나를 그 애의 무릎에 갖다댔다. 57, 손가락이 넓적다리까지 올라갔다, 54, 그 애가 내 손가락을 쥐더니 손가락에 입을 맞췄다, 46, 난 다시 내 손가락을 넓적다리로 가져갔다, 42, 그 애가 다시 그 손가락을 자기 가슴에 얹었다, 40, 그 애가 무릎을 오므렸다, 36, 내가 미소를 지었다, 35, 그 애도 미소를 지었다.

33, 내가 그 애에게 "넌 예뻐." 하고 말했다, 32, 그러면서 다른 손으로 그 애의 한쪽 무릎을 옆으로 벌렸다. 30, 다행히도 팬티는 한쪽이 반쯤 내려간 채였다. 27, 그 애가 안 된다고 말했다, 26, 난 괜찮다고 말했다, 25, 그 애가 "아." 하고 말했다, 24, 내 손가락이 그 애의 거기를 만졌다, 22, 그 애가 넓적다리를 벌렸다, 20, 난 거기를 더 자세히 보기 위해서 그 애의 몸을 뒤로 조금 밀어냈다, 17, 그 애가 엉덩이를 움직였다, 15, 나는 내가 느끼고 있는 만큼 그 애가 날 흥분시켰는지 확인하려고 내 것을 만져봤다(생각보다 더 흥분해있었다), 5, 나는 내 것을 확인하고 나자, 그 애가 날 더 흥분시켰다는 걸 알았다. 4, 프뤼당스의 몸 안에 손가락 하나를 집어넣었다, 3, 2, 1, 제로! 누나가 내 방문을 벌컥 열면서 소리 질렀다. "너, 책상 밑에서 뭐 잃어버린 거 있어?"

　난 쿵쿵거리는 가슴을 누르고 최대한 태연스러운 표정으로 프뤼당스의 발밑에서 뭔가를 찾는 시늉을 했다. 난 밑창이 엄청 두껍고 군화처럼 발목까지 올라오는 프뤼당스의 구두를 싫어한다. 그 애는 이듬해 우리 학교에서 열린 자선바자 때도 그 구두를 신고 왔었다. 그날 리오넬 삼촌은 기타 연주회를 하겠다고 고집했고, 포스터까지 인쇄해 왔다. 기타리스트 리오넬. 마리 노엘 숙모는 어쩌면 남편의 CD를 팔 수도 있다는 희망에 부풀어서 '케이크와 과자는 무료예요!' 하고 외쳤다. 모두 깔깔대며 웃었다. 더욱이 학교 애들이 모두 프뤼당스가 내 여자 친구인 줄로 알았다. 내가 아무리 '사촌'이라고 열심히 설명해도, 그 말은 전혀 받아들여지지 않았다. 아포테오시스는 오랫동안 프뤼당스를 쳐다보았다. 심술궂은 눈길은 아니었다. 다만 약간 불안하고, 약간 실망한 듯했다. 그래도 그녀는 내적인 아름다움을 신뢰하는 그런 타입이다. 아름다운 영혼끼리는 금방 서로를 알아보는 법이다.

프뤼당스와 난 당당하게 거실로 가서 가족들과 새해 키스를 했다. 그리고 난 조금 전의 나에 대한 혐오감도 잊은 채, 손가락으로 사람들이든 식탁이든 요리접시든 뭐든 가리지 않고 어루만지면서, 나의 남성성으로 세상을 물들이는 것에 행복을 느꼈다. 프뤼당스가 다가와서 다시 오두막으로 돌아가지 않겠느냐고 물었지만 난 딱 잘라 거절했다. 그러자 그 애가 내게 상처받은 눈길을 보냈다. 졸지에 비열한 놈이 된 것 같아 약간 기분이 좋지 않았지만, 동시에 남자로서의 내 삶을 이처럼 태연자약하게 시작할 수 있다는 것에 만족스러운 기분이 들었다. 그러다 문득 프뤼당스에게 새해 인사를 아직 하지 않았다는 생각이 들어서 뺨에 입을 맞췄다.

"프뤼당스, 마스크 좀 내리렴." 우리 엄마가 말했다. "아니면 나가서 좀 쉬고 올래?" 하지만 프뤼당스는 고개를 저었다. 그러곤 침대 발치에 못 박힌 듯 서서 내 눈을 똑바로 바라보았다. 엄마는 "그럼 월코에게 책을 읽어주면 어떨까?" 하고 제안했다. 프뤼당스는 이번에도 고개를 절레절레 저었다. 마치 우리 엄마가 한가한 취미 생활을 권하기라도 한 것처럼. 그때 마리 노엘 숙모가 엄마의 손에서 책을 빼앗더니, 나가서 바람 좀 쐬고 오라고 명령하듯 말했다. "형님 아들은 우리가 돌볼 테니까, 가서 좀 쉬다 와요!" 숙모는 당분간 다시 올 생각이 없는 듯했다. 그래서 엄마는 30분만 나갔다 오기로 하고, 나가기 전에 비상벨이 어디 있는지 설명했다. 그러나 마리 노엘 숙모는 설명을 들으려고도 하지 않고 엄마를 밖으로 내보내면서 말했다.

"실비, 잘 알잖아요, 내가 워낙 불안이 많다는 거. 그러니 아예 비상벨에 손을 올려놓고 있을게요, 이렇게. 그러다 애가 숨을 잘 못 쉬는 것 같으면 얼른 누를 거예요. 이제 됐죠?"

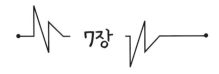

7장

　며칠이 지났다. 바딤은 오지 않고 있다. 그 애가 안 오는 건 별로 놀라운 일도 아니다. 바딤의 집에서 '폭발 일보직전'이라는 표현을 사용할 때는, 손님들을 초대하기에 적절치 못한 시기라는 뜻이다. 일과 압박감, 팀, 기계들이 그의 아빠의 머릿속을 꽉 채우고 있는 때이기 때문이다. 그럴 때 바딤의 아빠는 잠도 잘 못 자고, 걸핏하면 화를 낼 뿐 아니라, 자제력을 잃고, 자기 통제가 되지 않는다. 그러면 다른 식구들도 영향을 받기 마련이다. 한마디로 바딤 아빠의 뇌가 균형을 잃는 것이다. 심지어 언젠가는 밤에 서랍장 문을 열고 거기다 오줌을 싼 적도 있다. 바딤 엄마의 침대 머리맡에 놓인 서랍장인데! 식탁보와 천 냅킨을 정리해두는 장이었다. 그날 밤 바딤의 아빠는 자다 말고 일어나서 서랍장 앞에 섰다. 그리고 변기 뚜껑을 올리려는데, 찾을 수가 없었다. 그래서 아무것도 안 보인다고 투덜대면서 벽을 더듬거리며 전기 스위치를 한참 찾았다. 잠이 깨서 그 광경을 본 바딤 엄마는 감히 왜 그러느냐고 물어볼 수도 없었다.

　물 흐르는 소리를 듣고서야 뭘 하는 거냐고 물었더니, 제롬은 나데즈에게 옥박지르듯이 말했다.

　"화장실 가는 것까지 일일이 당신에게 보고해야 돼?"

아버지를 중심으로 이뤄진 가부장적인 가정에서는 이처럼 가장이 때때로 정신줄을 놓으면 집안 전체가 불안에 떨게 된다. 나데즈는 이런 일 정도야 오히려 귀엽게 넘길 수도 있다고 생각하지만, 남편이 왜 그러는지는 도저히 이해할 수 없다. 무엇보다도 언제 또 그런 일이 일어날지 예견할 수 없다는 게 그녀를 더 불안하게 만든다. 그래서 제롬이 일에 너무 빠져있다 싶을 때면, 뇌가 과부하될 위험이 있다며 조심스럽게 남편에게 신호를 보내본다. 그럴 때마다 제롬은 위험할 정도가 아니니 걱정하지 말라며 아내를 설득한다.

"나데즈, 당신은 감정이 너무 예민해서 탈이라니까."

요즘이 바로 그런 시기다. 바딤은 또 아슬아슬해지기 시작한 가정을 지켜내야 할 의무를 느낀다. 왜냐하면, 바딤 아빠의 폭발은 대개 과도한 집착을 동반하기 때문이다. 그는 무엇보다도 아내에게 매우 부당해진다. 아내의 입술 모양이 마음에 안 든다는 것부터 시작해서 자식을 하나밖에 못 가졌다는 둥, 더욱이 그 하나밖에 없는 아들이 게을러서 집안 꼴이 말이 아니라는 둥, 그래서 창피해서 살 수가 없다는 둥, 눈에 보이는 것마다 온갖 비난을 퍼붓는 자로 돌변한다. 나데즈는 남편의 무차별 공격을 받는 대상이 되고, 그럴 때면 바딤은 아빠와 엄마 사이에 벽을 만드는 이상한 말이 튀어나오지 않게 분위기를 조절하는 역할을 해야 한다. 그는 가정의 분위기를 회복시킬 책임이 이제 성인이나 다름없는 자신에게 있다고 믿는다. 그래서 입원 중인 친구와 폭발 직전인 자기 아빠와, 또 니콜을 데리고 병원에 가야 할 임무 사이에서 몹시 고민하는 중이다. 더욱이 그 임무는, 성공만 하면 어쩌면 기적까지 몰고 올 수도 있는 중차대한 임무다. 정말 니콜이 내 침대 옆으로 와주기만 한다면, 난 언제까지나 침대에 죽은 듯이 누워있지는 않을 게 분명하다(난 그렇게 믿는다). 그러니 걱정할 게 없다. 바딤이 외부에서 열심히 작업해줄 테니까. 그런데 지금으로서는 바딤이 해야 할 일이 너무 많다. 내가 그 녀석더러 왜 좀 더 자주 오지 않느냐고 질책한다면, 그 자식은 분명히 그렇게 말할 거다. 안 들어도 뻔하지.

바딤이 니콜의 면회 날짜를 알아보려고 우리 집에 전화할 때마다 수화기를 드는 건 매번 앙드레아다. 그때마다 누나는 내가 완전히 회복될 때까지 자기들은 잠자리를 가질 수 없다는 걸 상기시키며 말한다.

"바딤, 그러니까 이제 전화 좀 그만해." 이럴 때 자기 아빠라면 어떻게 말할까를 생각하면서, 바딤이 전화한 이유를 더 끈질기게 설명하려고 하면, 누나는 딱 잘라서 대답한다.

"지금까지의 경험으로 알게 된 건데, 남자는 손에 넣은 여자를 지키려고 할 때보다, 아직 안 잡힌 여자를 손에 넣으려고 할 때 더 많은 열정을 쏟더라."

그래서 바딤은 역사-지리 선생님인 우리 아빠를 직접 만나서 면회 날짜를 알아보기로 맘먹는다. 하지만 바딤이 다가갈 때마다 아빠는 나를 보러 병원에 갈 생각에 마음이 바빠서 황급히 자리를 뜨거나, 심지어 그를 보지도 않고 밀치다시피 하며 가버린다. 바딤은 감히 그런 선생님을 붙잡을 생각조차 못한다. 아들 때문에 불안과 두려움에 빠진 아버지의 심정이 어떨지 상상이 되기 때문이다. 바딤은 날이 갈수록 더 두터워지고, 더 확실해지는 우리 아빠의 침묵이 아빠를 지키게 해주는 유일한 보호막이라는 걸 느낀다. 온종일 아들의 침대 밑에서 곁을 지키고 있는 아내 옆에 다가갔을 때 아내가 보여주는 미소와 함께. 그리고 부부가 드디어 하루를 끝내고 집에 갔을 때, 식탁을 차려놓고 기다리거나 아니면 아빠와 엄마에게 진심이 담긴 상냥한 말을 쪽지에 적고는, 빡빡 깎은 머리를 보이고 싶지 않아서 베개 밑에 묻은 채 잠들어있는 딸의 존재와 함께. 요즘 아빠는 자기를 동정하는 교무실 동료들을 견디기 힘들어, 운동장을 이리저리 거닐며 수업 시간을 기다릴 때가 부쩍 많아졌다. 그럴 때 아빠가 집요하게 생각하는 건, 어떻게 하면 내 병실에 커다란 창문을 마련해줄 수 있느냐다.

"우리 아들에게는 마음껏 하늘을 볼 수 있는 환경이 필요합니다."

병원 측에서 고개를 끄덕였다. 오, 말귀를 알아듣는군. 하늘을 보는 자는 높이를 이야기한다. 높이를 보는 자는 현기증을 이야기한다. 현기증을 이야기하는 자는……?

"자살의 가능성도 있어요."

"중환자실 중에 커다란 창문이 달린 방이 하나 있긴 해요. 그렇다고 그 방에 있는 환자를 쫓아낼 순 없지요. 그러니 조금 더 기다려 보셔야겠어요." 그래도 아빠는 창문 있는 방을 고집한다. "하늘이 많이 보이는 큰 창문이 있다면, 아니, 아예 한 면이 통유리로 된 공간이 있다면, 윌코가 훨씬 더 큰 가능성을 지닌 넓은 세상에 대해 생각해볼 수 있을 텐데." 하고 아빠가 말한다. 그 말에 엄마도 반박하지 않는다. "유리창이 너무 크면 공포감도 더 커지는 게 아닐까?"라고만 했을 뿐이다. 정말 밤이 와서 아빠 엄마가 집으로 가고 나면, 작은 유리창보다 통유리창이 훨씬 더 불안한 기분을 안겨주는 건 아닐까?

니콜이 온 건 아니지만, 난 그녀를 느낀다. 그리고 그녀의 뇌가 끓고 있다는 것도 안다. 그녀는 직접 병원으로 가볼까 망설인다. 하지만 중환자실엔 면회 허가를 받지 않으면 들어갈 수 없다. 그래서 일단 병원 로비에서 서성여 보기로 한다. 시내에서 꽤 멀리 떨어져 있는 이 병원은 마치 공업지구에 세워진 호텔처럼 보인다. 주택과 정원들이 아파트를 대신하고 있는 이 동네에서는 지붕들이 모두 나지막하다. 큐브 모양의 주택들이 마치 교외처럼 거대하게 뻗어있는 이곳에서 니콜은 한기를 느낀다. 내가 추락상을 입은 후로 그녀는 항상 추위를 탄다(난 그녀의 추위를 느낄 수 있다). 물론 그녀는 학교로 향하다가 사이렌 소리를 들었다. 하지만 뒤돌아와 보진 않았다, 절대로(실은 그게 진실이다). 왜냐하면, 유년시절부터 그녀의 엄마가 단단히 주의를 주었기 때문이다. 그녀의 엄마는 무슨 일이 있을 때마다 호기심에 사고가 난 장소를 기웃거리는 사람들을 싫어하다 못해 경멸했다. 그래서 니콜은 뒤돌아보고 싶은 유혹에 굴복하지 않고, 고개를 똑바로 한 채 앞만 보며 걸었다. 하마터면 핑곗거리를 찾아 살짝 뒤돌아볼 뻔도 했다. '어머, 뭔가를 떨어뜨린 것 같아.' 천만의 말씀. 그녀는 계속 걸었다. 내가 곧 자기 뒤를 따라올 거라고 확신하면서. 어렸을 때부터 니콜은 엄마가 항상 자기를 감시하면서 하루를 보낸다고 믿었다. 하지만 그건 그녀의 판타지이자 시적 상상일 뿐이다. 그래도 그녀는 엄마가 늘 딸을 감시하고 있다고 생각한다, 학교에서도 딸의 방에서도(하기야 나 역시 이따금 그렇게 생각하던 때가 있었지. 아직 소년이었을 때). 무슨 문젯거리를 찾아내서 몰아세우려는 게 아니었다. 대개는 그저 딸이 잘 지내는지 확인하기 위해서였다. 니콜은 새 학년이 시작된 9월부터 내가 자기를 지켜보고 있다는 걸 알았다. 그녀 역시 고등학교로 올라오고부터 내가 사는 동네를 눈여겨보고 있기 때문이다. 그녀는 우리 아파트 밑을 지나갈 때면, 노란 카나리아 색의 아파트 정문 앞에서 눈을 들어 내 방 창문을 바라보고 싶은 욕구에 저항할 수 없었다. 내가 자기를 내려다보고 있다는 걸 알기 전까지는. 심지어 어느 날인가는 내가 사는 데가 어떤 곳인지 알고 싶어서, 우리 아파트 안으로 들어와 본 적도 있다. 그 후에도 자주, 그리고 오랫동안 아파트 맞은편 인도에 있는 나무 뒤에 몸을 숨기고 위를 올려다봤다. 소망과 두려움을 동시에 품은 채 그녀는 6층의 창문들을 찾았고, 우리 집 크리스마스 불빛에 마음이 따뜻해지곤 했다. 몇 주간의 오랜 휴가 때는 덧문이 계속 닫혀있는 걸 보고 마음이 상하기도 했다. 그녀가 내 방이 6층 어디에 있는지 알아낼 수 있었던 건, 내가 미술 시간에 만들었던 핼러윈 장식 등을 커튼 고리에 달아놓은 걸 봤기 때문이다. 어쩌면 내가 그 등을 우리 부모님이나 누나에게 선물했을지도 모른다는 생각도 안 해본 건 아니지만, 그 등이 월드컵 티셔츠로 싸여있는 걸 보고 확신할 수 있었다. 왼쪽에서 두 번째 창문이 내 방 창문이라는 걸.

지금 그녀는 내 병실 창문이 어떤 건지 상상해보는 중이다. 그리고 내 몸 상태가 학교에서 애들이 말하는 그 정도로 나쁘지 않기만을 바라고 있다. 그녀는 내 병실까지 올라올 수 있었으면 하고 바란다. 그러면서 자신이 갑자기 어른이 된 것처럼 느낀다. 그것도 나와 똑같다. 완전히. 그녀는 자기 인생에 고통 받는 약혼자를 보러 병원에 오는 일이 생기리라고는 꿈에도 생각하지 못했을 것이다. 그것도 겨우 열여섯 살의 나이에! 약혼자라고 한 건, 지금 그녀가 감히 진실을 말할 수 있기 때문이다. '월코와 나, 우린 서로 사랑하고 있어.'

그녀는 생각한다. 우린 완전 〈타이타닉〉이야. 그건 그녀가 너무나 좋아하는 영화다. 그래서 그 영화를 스무 번도 넘게 봤다. 그중 네

번은 영화관에서였고, 더욱이 한 번은 3D 영화였다. 그녀는 병원이 뗏목이고, 거기 갇힌 환자들은 폭풍우에 대항해서 싸우는 사람들이라고 상상한다. 그리고 그 뗏목 위에서 한 젊은이가 서서히 늙어가고 있다는 걸 안다. 바로 나다. 내 이름은 월코. 난 헤엄치는 속도가 꽤 빠르다. 게다가 다이빙을 할 때는 물보라를 거의 일으키지 않고 입수할 수 있다. 수영 코치가 다이빙으로 올림픽 시합에 나가보라는 말도 몇 번 했었다. 그래서 니콜은 내가 어떤 폭풍도 평온케 하고, 파도도 잠재울 수 있을 거라고 믿는다.

"제라질!" 엄마가 자기도 모르게 그렇게 외치고는 내게 미안하다고 사과한다.

엄마가 그리던 그림에서 물감이 떨어진 거다. 떨어진 물감이 바닥에 자국을 남겼다. 엄마는 속상해하면서 그 자국을 가만히 응시한다.

"꼭 파이처럼 생겼네."

그때 내 목소리에서 난 이상한 소리가 엄마의 명상을 중단시켰다. 마치 구토할 때처럼 목구멍에서 일종의 경련 같은 게 일어난 거다. 엄마가 놀라서 비상벨을 누른다.

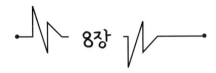
"아주 예쁜 개양귀비꽃인걸." 아빠가 병실 바닥을 내려다보며 말한다. 엄마는 내 목에서 난 소리 때문에 걱정했지만, 침 때문에 숨이 막혀서 이상한 소리가 나는 건, 호스를 끼고 있는 환자에겐 흔히 있는 일이라는 설명을 들었다. 간호사가 나가고 난 후, 엄마는 다시 종이 위에 그림을 그린다. 그러다 바닥에도 꽃잎을 그려본다. 엄마는 혹시나 자기 에너지가 떨어져서 나를 지켜주지 못할까 봐 그렇게 스스로 스트레스를 해소하는 중이다. 수채물감은 스펀지로 한 번만 쓱 닦으면 금방 없어진다고 설명하면서.

엄마는 자신이 한 일에 만족스럽다는 표정이다. 우리 엄마는 정말 천재다. 누나와 내가 어렸을 때 발로 그림을 그리게 해준 적도 있었다. 엄마는 그때 일을 상기시키다가 '발'이라는 말이 나오자, 한동안 내 발을 마사지해준다. 어머나, 발뒤꿈치에 침대 모서리 자국이 났구나. 하지만 여전히 난 아무것도 못 느낀다. 그 자국을 볼 수도 없다. 하지만 아빠와 엄마는 그걸 사진 찍어서 내게 보여줄 만큼 섬세하다. 내가 호흡곤란을 일으킬까 봐 지키고 있는 동안 마리 노엘 숙모도 프뤼당스랑 나의 사진을 찍었더랬다. 숙모는 프뤼당스에게 사진을 찍어줄 테니 내 옆에서 자세를 잡으라고 하면서 우리에게 카메라를 들이댔다. 프뤼당스는 무릎을 약간 굽히고 키를 낮춰서, 내 얼굴 높이에 자기 얼굴을 갖다대고 카메라를 응시했다. 우리가 같이 찍은 그 사진이 지금 액자 안에 있는지, 아니면 냉장고 위에 붙어있는지 난 모른다. 혹시라도 그 사진이 내가 누군가와 커플로 찍은 유일한 사진이 된다면, 그건 정말 짜증 나는 일이다. 그러니 지금쯤은 바딤이 좋은 소식을 갖고 올 때도 되었는데! 마리 노엘 숙모는 그 사진을 남겨도 좋겠냐는 뜻으로 프뤼당스와 내게 보여주었다. 프뤼당스는 몸을 굽힌 자세여서 넓적다리가 너무 뚱뚱하게 보인다며 불평했다(애는 한 대 맞아야 한다). 그러곤 다시 찍자고 고집했다. 그래서 마리 노엘 숙모가 조금 더 가까이 카메라를 들이댔는데, 이번엔 우리 둘의 얼굴이 딱 붙어버리고 말았다. 정확히 말하면, 내 조개껍데기와 프뤼당스의 오염방지 마스크가 붙은 거다.

오늘 아침, 실력자 의료팀장은 내가 평생 수평으로 누워 지내야 한다는 사실을 확증해주었다.

"자, 자, 젊은 친구. 골수 신경이 썩 좋은 상태는 아니야. 하지만 몸뚱이에 다른 문제가 생기게 놔두진 않을 거야, 알았지?"

아빠는 수업 중이었고, 엄마는 그 말을 들을 준비가 미처 되지 않았다. 그래서 실력자 중 실력자에게 나중에 애 아빠가 있을 때 다시 와줄 수 있는지 물었다. 그리고 덧붙이길, 다시 한번 진단을 내려주든지 아니면 좀 덜 놀라게 말해주면 좋겠다고 했다.

"남편은 아주 긍정적인 소식을 듣게 될 거라고 믿고 있거든요." 엄마가 말했다.

그리고 우리 가족은 모두 내가 치유될 거라고 믿고 있으며, 삶에는 두 가지 언어가 있다는 말도 분명하게 했다. "선생님, 인류는 두 가지 진영으로 나뉘어요. 할 수 있다고 말하는 사람들과 할 수 없다고 말하는 사람들로요." 엄마의 말에서 난 몇 가지 이상한 생각이 들었다. 그중 하나는 혹시 우리 엄마가 그동안 바딤 아빠와 비밀스러운 관계를 맺고 있어서, 그의 언어 습관을 배운 건 아닐까 하는 거였다. 바딤 아빠에게서 들었을 법한 말이었기 때문이다. 실력자 의사는 엄마의 말엔 대답도 하지 않고, 다시 말을 이었다. 자기들은 내 치아들을 다시 원상태로 돌려놓는 대신, 남아있는 치아들의 뿌리까지 아예 제거하는 쪽을 선택했다는 것이다. 만에 하나라도 이가 빠지면 감염될 위험이 있기에, 그런 가능성을 원천봉쇄할 생각이란다. 난 엄마의 말을 생각하느라 실력자 중의 실력자가 하는 말에 크게 신경쓰지 못했다.

"네? 이가 빠질 경우라뇨?" 엄마가 물었다. "선생님, 어떻게 우리 애가 넘어질 수 있다는 생각을 하세요? 일어나지도 못한다면서요?"

"넘어져서 빠지는 게 아니라, 남아있는 이들이 저절로 빠지는 경우를 이야기하는 겁니다. 빠진 이빨을 자칫 환자가 삼킬 수도 있거든요."

그 말에 엄마가 아, 하고 대답했다. 그때 난 코에 집중하고 있었다. 마리 노엘 숙모가 갖다놓은 43가지의 향기 때문에 간호사가 엄마에게 투덜대면서 스프레이를 몰수해간 덕분에 잡냄새 없이 다시 니콜의 향기를 내 코에 회복시킬 수 있었기 때문이다. 난 내 코의 통로, 그러니까 콧구멍에서 뇌로 이르는 통로가 점점 더 길어지고 있음을 알았다. 아마도 우리 집 복도만큼이나 길어졌을 거라는 생각이 들었다(거기가 연옥일까?). 나는 그 복도를 산책하듯 자주 거닐었다. 아직은 복도 끝에서 끝까지 롤러스케이트를 신고 쌩쌩거리며 지날 순 없지만, 복도는 운동장처럼 점점 더 넓어져가는 중이다. 엄마에게서 은은히 나는 뜨거운 모래 향이 절대적인 공헌을 하고 있다. 앙드레아의 오렌지꽃 오일 향기도 큰 도움을 준다. 난 야간 간호사 중에서 가장 상냥한 간호사가 들어오길 밤마다 참을성 있게 기다리고 있는데, 그녀가 지나가고 난 뒤에 공중에 희미하게 떠도는 물보라 향기를 잡아내기 위해서다. 니콜의 향기를 만들기 위해선 할머니의 도움도 필요하다. 그러니 꼭 할머니가 날 보러와야 한다. 하지만 아빠와 엄마는 내 이야기를 아직 할머니에게 알리지 않았다. 우리 할머니에게선 보랏빛 헬리오트로프 꽃향기가 난다. 그러니 지금으로선 그 향기를 내가 스스로 만들어내는 수밖에 없다. 하지만 확실히 다르다. 내가 만들어낸 향에는 할머니의 분 냄새가 빠져있기 때문이다. 난 이 모든 향기를 끌어모아서, 그 향기들을 내 조개껍데기의 햇빛에 알맞게 굽는다. 꼭 한번 니콜에게서 맡았던 그 완벽한 향을 만들어내기 위해서다. 그건 니콜이 마릴린이던 때의 이야기다. 영어 회화 수업이 끝나서 교실을 나섰다. 계단을 내려가려고 아이들 사이를 뚫고 지나가는데, 마침 앞에 그녀가 있어서 그 향기를 맡을 수 있었다. 난 그 순간 스치듯 떠올랐던 단어들을 얼른 노트에 적었다. 수상스키, 미코 커피, 뜨거운 모래, 선크림, 머리 위에 꽂은 꽃. 그리고 브래지어와 조그만 팬티. 아, 그건 벌써 예전 이야기다. 내가 한창 섹스에 관심이 있었을 때(그리고 자연주의자였을 때).

"우린 우리가 할 수 있는 것들을 시도해볼 생각입니다." 의사가 설명했다. 무엇보다 윌코의 일상을 우선시하면서, 안전을 생각하는 지침을 시작하려고 해요. 윌코의 기능이 지금처럼 계속 유지되는지를 지켜보면서, 그에게 가능한 삶에서 최선의 것을 목적으로 삼아야겠죠.

"그럼 큰 창문은요?" 엄마가 물었다.

무슨 창문이요? 의사가 놀라며 물었다. 엄마는 아빠가 몇 주 전부터 커다란 창문이 있는 방을 요구했다는 이야기를 했다. 몸을 움직일 수 없는 나의 일상을 조금이라도 개선하려면, 넓은 하늘을 마음껏 볼 수 있는 시야를 확보해서 최선의 환경을 제공해주는 게 좋을 것 같다는 설명도 덧붙였다. 만일 아빠가 옆에 있어서 엄마가 하는 말을 들었다면, 입이 쩍 벌어졌을 것이다. 엄마는 의사 앞에선 감히 화를 내지 못했다. 화가 나서 고집스러운 표정이 되면 덜 예뻐 보일까 봐 걱정한 건지…….

아빠가 내 기계 장치들을 점검해본다. 아빠는 가끔 그렇게 한다. 나사들이 정확하게 박혀있는지 확인하고, 흠흠 헛기침을 하면서 침대 옆 메모판에 의료진이 써놓은 기록들을 꼼꼼히 읽어본다. 그때까지도 엄마는 그저 현재의 몸뚱어리를 유지하는 걸 목표로 한다는 안락 의학인지 뭔지에 대해서는 아무 말도 꺼내지 않았다(삶의 종말인가? 난 안 들은 거로 한다).

"여보, 어머님께도 이제 말씀드려야 하지 않을까?" 드디어 엄마가 아빠에게 말을 꺼냈다.

남은 부모님이라곤 이제 아빠의 엄마밖에 없다는 사실이 우리 부모님께 이번만큼 큰 위안이 된 적이 없었다. 외할아버지와 외할머니가 모두 돌아가신 덕에, 내가 당한 사고를 두 분께 알리지 않아도 되어 하나님께 감사한다고 엄마가 하는 소리를 들은 적이 있다. 친할아버지는 내가 태어나기도 전에 돌아가셨지만, 아직 친할머니는 살아계신다. 지금 할머니는 내가 뭔가 기분이 안 좋은 일이 있어서, 자기에게 심통을 부리며 연락도 안하는 거라고 믿고 있다. 4개월 전부터 아빠와 엄마는 내가 한창 사춘기를 지나고 있어서 감정의 기복이 크다고 말하고 있다. 내 방에만 틀어박혀서 온 세상과 전쟁 중이며, 어떤 잔소리도 간섭도 듣고 싶어 하지 않는 통에, 나를 대하기가 여간 힘든 게 아니라고 한 것이다. 자, 이게 바로 나의 전신 마비 상태를 알리지 않기 위해 우리 부모님이 지어낸 이야기다. 늘 마음이 평온하고, 삶에 낙관적이며, 오래 기다릴 줄 아는 우리 할머니는 여름이 오면 훨씬 나아질 테니 염려하지 말라고 아들과 며느리를 위로했다. 우리 가족은 여름 방학 때면 늘 몽탈리베에서 며칠 지낸 후에 할머니 집으로

간다. 그러면 우린 어디서 어떻게 지내고 왔는가에 대해서는 자세하게 이야기하지 않고, 그저 해변에서 지내다 온 것만 이야기하고는 한다.

"얘들아, 쉿! 알지? 벌거벗고 지냈다는 말은 빼야 해." 할머니 집에 도착하면, 아빠는 우리에게 항상 그렇게 다짐을 시켰었다.

아빠는 왜 엄마가 할머니 이야기를 꺼내는지 궁금해한다. 어머니에게 그 이야기를 알리는 건 그리 급한 일이 아니라고 생각하기 때문이다.

"조금 더 상태가 좋아지면 그때 이야기해도 늦지 않잖아."

최근 들어서 두 분은 앙드레아가 '우리'의 이름으로 할머니에게 쓴 카드에다 내 글씨체를 흉내 내서 서명하기도 했다. 물론 두 분은 내게 의견을 물어봤다. 나는 싫다는 뜻으로 눈을 깜빡거렸다. 그러자 엄마가 통역을 했다.

"월코도 동의한대."

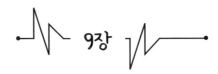

9장

방금 병실을 바꿨다. 아빠가 확실하게 고함을 한 번 친 덕분이다.

"대체 어느 나라 말로 얘기해야 알아듣는 겁니까? 남쪽으로 큰 창문이 난 방을 줘야 하는 거 아닙니까!"

엄마는 아빠더러 좀 쉬고 오라고 내보냈다. 그러곤 눈물을 흘렸다. 간호사가 엄마를 좀 앉게 하고, 물 한 잔을 갖다주었다. 엄마는 움직일 수 없는 아이의 삶에서 별이 있는 꿈이 얼마나 중요한지 간호사에게 설명했다. 그리고 시야가 넓고 공기가 좋아서 호흡하기 좋은 곳에 대해서도 말했다. "당신은 절망에 빠진 엄마의 심정이 어떤지 아세요?" 엄마는 마침내 그렇게까지 말했는데, 내가 창문에서 떨어진 후로 엄마가 지금껏 한 번도 그런 말을 한 적이 없으며, 그런 어조로 말한 것도 이번이 처음이라는 생각을 그제야 하게 되었다. 안락 의학을 실시하겠다는 의사의 말이 엄마에게서 모든 희망을 앗아가버린 것 같았다. 그러자 간호사가 알아서 병실 문제를 처리하기 시작했다. 그리고 얼마 지나지 않아 경관이 좋고 큰 창문이 있는 병실로 옮기게 되었다. 난 아주 만족스러웠다. 나 때문에 좋아할 아빠를 생각해서였다. 난 그 기쁨의 감정을 아빠와 함께 나누고 싶었다. 그래서 소리를 지르고, 말도 해보고, 하다못해 발가락이라도 좀 꼬물거려 보려고 애썼다. 하지만 한쪽 눈만 깜빡여질 뿐이다. 그런 내 모습을 본 엄마는 내 이불을 젖히면서 한숨을 쉬었다.

"더운 모양이구나."

창문에서 떨어지던 날, 난 우리 집 밑으로 지나가는 니콜의 뒷모습을 조금이라도 더 오래 보고 싶어서, 적어도 그 애가 차도를 건너기 전까지 2미터만 더 눈으로 따라가보고 싶어서 책상 위로 올라갔었다. 그때 왠지 마음껏 날 수도 있겠다는 생각이 들었다. 아마 이런 생각까지도 했던 것 같다. '만일 지금 훌쩍 날아서, 그녀의 두 발이 교문을 막 넘어서려는 그 순간에 그녀 앞에 짜잔 하고 나타나면, 속도에서나 열정에서나 전교생 중에 단연 내가 금메달감 아니겠어!' 그때 엄마가 복도에 바람이 들어오니 창문을 닫으라고 말했고, 누나는 아침 채비를 서두르라고 채근하는 아빠에게 제라질! 하고 대답했고, 내 핼러윈 호박등의 눈 하나가 갑자기 깜빡거렸다. 난 두 팔을 십자가처럼 벌렸다가, 호박등의 사인에 맞춰서 왕관을 쓰듯이 두 손을 머리 위에 얹었다. 그런데 날기 위해선 날개처럼 펼치는 게 더 타당하다 싶어서 다시 두 팔을 벌렸다. 내가 균형을 잃어버린 건, 두 팔을 내려 옆구리에 붙였을 때다. 다시 팔을 내렸던 이유는 여객선 뱃머리에 서서 얼굴에 바람을 맞으며 두 팔을 벌리고 있는 남자 주인공 레오나르도 디카프리오의 자세가 갑자기 바보같이 느껴졌기 때문이다. 창문에서 떨어지는 그 짧은 순간에도, 다이빙할 때처럼 두 팔을 앞으로 뻗어야 하는데 하는 생각이 들었다.

영어 회화 선생님이 수업 시간에 〈타이타닉〉을 보여줬을 때, 반 아이들은 둘로 나뉘었다. 그 영화를 좋아하는 애들과 싫어하는 애들로. 그런데 둘로 나뉜 그룹도 알고 보면 또 둘로 나눌 수 있었다. 실은 〈타이타닉〉을 굉장히 좋아하면서도, 구닥다리 영화라며 경멸하는 상남자 그룹에 끼고 싶어서 거짓말로 싫다고 한 아이들과 속으론 그 영화를 싫어하면서도, 여자애들 앞이라서 좋다고 한 아이들이 있었기 때문이다. 이들은 이미 여자애들 사이에서 인기 있는 애들이었기에, 그 인기를 유지하고 싶었을 것이다. 난 그 영화를 좋아했다. 아빠 엄마로부터 미국식 블록버스터에 끌리지 않도록 교육을 받긴 했지만, 아마도 또 다른 교육 덕분에 그런 영화를 더 좋아하게 되었을 것이다. 심지어 누나에게도 그 영화를 보게 만들면서 즐거워했었다. 누나도 처음엔 그 영화를 썩 좋아하지 않았지만, 결국 나와 함께 보는 걸 허락했는데, 한 번 보고 난 후론 족히 30번은 보았을 거다. 니콜도 실은 그 영화를 아주 좋아하면서도, 나처럼 말로는 그저 '좋은 영화라고 생각해.' 하는 정도로 그쳤을 거라고 확신한다.

남향인데다, 큰 창을 통해 멋진 경치가 보이는 병실에선 태양과 달의 움직임을 볼 수 있다. 아빠는 하늘을 쳐다보면서 점점 더 늦게까지 병실에 머무르고 있다. 그리고 엄마는 앙드레아를 너무 오랫동안 혼자 놔두지 않으려고 아빠보다 먼저 집으로 돌아간다. 아빠는 내게 태양의 궤도를 설명해주었고, 황도가 통과하는 열두 개의 별자리들을 구별하는 법도 가르쳐주었다. 내 침대는 윗부분을 등받이처럼 몇 센티미터 세울 수 있고, 내 조개껍데기도 허리와 골반 사이에 접합 부분이 있어서 접을 수 있다. 등받이를 너무 세우면 머리가 어지럽고, 때론 기절하기도 한다. 하지만 30도가 안 되는 기울기에서는 괜찮다. 황도의 성좌들 근처에서 몇 개의 별들을 볼 수 있지만, 모두 아주 멀리 떨어져있는 별들이다. 알데바란은 황소자리에서 가장 크게 빛나는 붉은 별이고, 안타레스는 전갈자리에서 가장 빛나는 붉은 별이다. 겨울에는 방패를 든 오리온 별자리와 베텔게우스, 리겔, 벨라트릭스, 그리고 가장 아름다운 별인 시리우스를 볼 수 있을 것이다. 이 별들은 아주 하얗다. 아빠는 별 이야기를 하면서 몹시 흥분했다. 그래서 다음 겨울도 병원에서 보내게 될 거라는 소식을 아빠도 알게 된 건가 하는 생각이 들었다. 아빠는 병실 천장 위로 어떤 별들이 있는지도 이야기해주었다. 어쩌면 여름마다 몽탈리베에서 보던 별들, 베가, 아르크투르스, 북극성, 큰곰자리 등을 이젠 볼 수 없는 걸 한탄하면서, 머지않아 아빠가 병실의 지붕을 유리로 만들어달라고 요구할지도 모른다는 생각도 들었다. 그런데 아빠는 다른 아이디어를 갖고 있었다. 우선 종이 위에 그 별자리들을 그렸다. 그리고 최대한 빨리 그 별자리들을 크게 그려오는 일은 엄마 몫으로 넘겨졌다. 천장에 붙이기 위해서다. 그럼 나는 달이 지나감에 따라 천장에서 수많은 별들, 적어도 화성, 목성, 금성, 토성을 보게 될 것이다. 아빠는 틀림없이 우리 둘이 함께 찾아볼 수 있게 쌍둥이자리도 갖다놓을 것이다.

난 가능한 모든 정보를 머릿속에 모아놓아둘 셈이다. 니콜이 오는 날, 그녀에게 별들로 가득한 하늘을 보여주어 깜짝 놀라게 해줘야지. 인류는 지금 다른 별에 가서 사는 계획을 세우는 중인데, 무중력 상태에선 모든 게 가벼워지니까 내 육체도 옮기기가 훨씬 쉬워질 것이다. 난 프록시마 켄타우리 별에서 살고 싶다. 지구에서 약 4.3광년 떨어진 곳에 있는 그 별은 태양계에서 가장 가까운 별이다. (그곳에선 내 육체도 무중력 상태에 있게 되겠지?)

"하지만 거기까지 가는 데는 2만 년이나 걸려." 아빠가 말했다. 그 목소리를 듣고서야 난 아빠가 아직은 텅 비어있는 천장 하늘을 꽤 오랫동안 말도 없이 바라보고 있었다는 걸 알았다.

비가 온다. 아빠는 이것저것 여러 주의사항을 연설만큼이나 길게 늘어놓고 나서 비옷을 입었다. "아들아, 난 이제 집에 간다, 내일 보자." 그러곤 혹시 내가 뭔가 할 말이 있을까 싶어서 내 눈을 가만히 들여다봤다. 나도 아빠의 눈을 들여다봤다. 아빠의 두 눈동자가 별이 될 때도 있다는 걸 알았다. 아빠의 눈동자는 아래층 이웃이 가꾸는 잔디밭을 닮았다. 우리 아파트 맞은편에는 정말 다양한 방법으로 잔디를 깎는 게 취미인 남자가 살고 있다. 그 아저씨는 자기가 원하는 대로 잔디에 그림을 그린다. 내가 그 잔디를 마지막으로 본 건, 추락하기 직전이었다. 그때 본 잔디는 별 모양으로 깎여있었다. 완벽한 별. 인생에 지쳐서 다른 모든 삶을 닫아버린 사람들만 그릴 수 있는 별, 오직 그 한 가지 일만 하며 주말을 보내는 사람들만 그릴 수 있는 별이다. 아저씨는 별 잔디를 손질하고 난 후엔 늘 잔디 깎는 기계를 오랫동안 섬세하게 걸레로 닦았다. 그리고 기계 날도 정성스럽게 기름칠을 해주었다. 아마 그 전에 다른 삶을 살 때는 여자의 발이나 개의 털이나 혹은 곰 인형을 그렇게 다정하게 쓰다듬었겠지.

10장

니콜은 지금 억울하다. 받지 않아도 될 심문을 받고 있어서다. 왜냐하면, 니콜의 엄마가 책망한 대로 여태까진 일부러 빗속에서 배회해본 적이 한 번도 없는 그녀였기 때문이다. 그녀는 내가(그녀의 운명적 사랑인 내가!) 병실 창문에서 아주 작은 신호라도 보내주길 바라면서 밑에서 끈질기게 기다렸다. 무슨 일이 일어나던가, 아니면 간호사 한 명이 다가와서 "네가 니콜이니?" 하고 물어주길 바랐다. 그녀는 내가 창문을 열고 그녀를 향해 올라오라고 외쳐주길 바랐다. 그러나 모순되게도 그녀의 생각 속에서 난 외칠 필요가 없는 사람이다. 그녀와 난 굳이 말을 안 해도 오가는 눈빛 하나로 서로의 생각까지 다 아는 사이이기 때문이다. 그녀는 우리 둘의 사랑 이야기가 이제부터 제대로 시작되길 바랐다. 그리고 그 이야기의 첫 장이 병원 공원을 산책하는 것으로 시작됐으면 했다. 그 산책로는 여객선의 갑판을 떠올리게 해준다. 그래서 우리 사랑이 여기서 시작되면 절대로 실패할 일이 없다고 생각했다. 그리고 자유롭게 다정한 손짓을 할 수는 없어도, 컬트영화에 나오듯이 앵무새처럼 한두 마디의 대화를 주고받는 것만으로도 충분하다고 생각했다. 물론 그녀는 독창적인 대화법을 더 좋아하고, 더 긴 대화가 오가기를 원할 것이다. 하지만 그건 지금 같은 시대에 지나치게 낭만을 찾는 구식 처녀처럼 보이게 할 것 같아 포기하기로 한다.

기다리다 지쳐서 진이 빠진 모습으로 돌아가자, 그녀의 엄마가 왜 이렇게 늦었느냐고 꾸중을 한다. 바로 그 순간 그녀는 소망의 개념을 발견한다. 그건 지금까지 알고 있던 것과는 아주 다른 개념이다. 매번 실망하면서도 여전히 기다리는 영원한 기다림이야말로 무엇보다 흥분되는 소망이라는 걸 알게 된 것이다. 소망, 그건 체온을 1도나 더 올리고, 심장을 1분에 10번이나 더 뛰게 만든다. 소망. 그건 매우 중요한 질문이며, 질문과 함께 튀어나오는 답이다. 그것도 그녀가 듣고 싶어 하던 것보다 훨씬 더 많은 것들을 약속해주는 답이다(아, 아무래도 난 식물인간이라기보단 식물철학자인 것 같다). 니콜은 그 소망이 자기의 삶을 바꿔줄 거라는 느낌이 들었다. 그리고 그런 자신을 다시 땅으로 끌어 내리려는 엄마가 원망스러웠다. 그녀는 엄마가 땅에서 발을 떼고 공중으로 올라갈 수 있도록, 그래서 공중에서 낙엽처럼 왈츠를 출 수 있도록 도와주려고 얼마나 애썼는지 모른다. "자, 이리 와요, 이제 가을이잖아!"라고 하면서.

그래서 니콜은 엄마가 퍼붓는 질문들에 영어로 대답했다. 엄마는 딸에게 버릇없이 장난칠 생각 말라고 따끔하게 말한다. 그러나 말은 그렇게 했어도, 앞으론 니콜이라는 이름으로 부르지 말라는 딸의 말에 처음으로 딸이 낯설게 느껴진다.

"난 내 이름이 정말 싫어. 나를 부르려면, 제발 부탁이니 이제부터는 마릴린이라고 불러요!"

이게 바로 그 두려운 사춘기의 위기란 거구나. 지금이 바로 그때로구나……. 니콜이 태어난 이후로 엄마의 억양은 날카로워졌고, 신경도 곤두섰으며, 눈빛 또한 더 어두워졌다. 내 딸이 사춘기에 이르면 어쩌나 하는 염려 때문이었다. 그런데 지금이 바로 그때인 거다. 니콜의 엄마는 생각한다. '이런, 드디어 내 딸의 종말이 왔구나.' 그러면서 떠올린다. 모녀 사이에 있던 그 많은 추억을. 아마 딸은 그런 것들을 굳이 기억하려 하지 않겠지. 엄마가 죽고 나면 그때야 비로소 떠올려볼 추억들. 지나간 시간을 돌아보면서, 너무 늦었다고 후회할 것들, 그때 왜 그랬을까 하는 것들, 그땐 어쩔 수 없었다고 생각하게 될 것들……. 딸이 안거나 쓰다듬어달라고 오랫동안 보채던 것, 엄마의 아름다움에 취해서 "엄마는 너무 예뻐."라고 수없이 되뇌던 것, 다 커도 엄마와 함께 살겠다고 했던 것, 자면서도 엄마 꿈을 꾸던 것, 이 모든 것들은 사라졌다. 이제부터 어려운 시기에 들어가는 거다. 그녀의 사랑스러운 딸, 사려 깊고 침착하다고 모두가 입을 모아 칭찬했던 딸은 결국 엄마에게 충격을 주게 될지도 모른다. 엄마는 그런 두려움을 겉으로 나타내지 않은 채 말없이 식탁을 차린다. 불안감을 드러내지 않으려고 평소 하던 대로 일상의 리듬을 따르기로 한 것이다. 딸을 냉담하게 대하지 말고 사춘기의 위기에 관심을 두자, 딸의 엉뚱

한 욕구를 함부로 무시하지 말자, 특히 딸의 그런 욕구와 진지한 의도를 혼동하지 않도록 하자…….

"왜 하필 마릴린이니?" 엄마는 짐짓 태평한 투로 묻는다.

"그냥 영어 시간에 모두 날 그렇게 불러요. 그리고 마릴린이 니콜보다 덜 멍청하게 들리잖아."

자기 이름에 거부감을 갖는 건 사춘기의 특징 중 하나다. 아마도 자기의 장딴지 모양이나 눈 색깔에 대한 비난도 곧 따라오겠지. 니콜의 엄마는 그 점에 대해 아주 오래전부터 마음의 준비를 해왔다. 해산 직후에 두 팔로 딸을 안았을 때, 그래서 딸의 눈동자 색이 자신과 아주 똑같은 회색빛이라는 걸 알았을 때, 그녀는 언젠가는 딸이 눈동자 빛깔에 대해 엄마를 비난할 거라는 걸 각오했었다.

니콜의 엄마는 그동안 읽었던 책들의 내용을 떠올려본다. 그녀는 마음의 상처 치유에 관한 책이나 사춘기를 이해할 수 있게 해주는 책들에 몰두했었다. 그리고 매번 좋은 방법들을 실천하고자 애썼다. 그래서 딸의 사춘기 위기에 대처할 준비를 착실하게 해올 수 있었고, 덕분에 마리 노엘 숙모처럼 어떤 질문에도 당황하지 않고 척척 대답할 수 있게 되었다. 니콜의 엄마는 다양한 주제에 관해서도 딸과 싸울 전쟁에 대비해 전략들을 세워놓았다. 위기가 찾아올 때면, 최선을 다해 딸에게 접근하려고 고민도 많이 했다. 기억에 따르자면, 자기 이름을 거부하는 태도를 보일 때는 사춘기 소녀가 요구하는 것에 관심을 보여줄 것, 그리고 아이를 절대로 시야에서 놓치지 않기 위해 유머를 사용할 것, 이 두 가지가 가장 뛰어난 방법인 듯했다.

니콜의 엄마는 그 지식과 정보들을 모두 한데 섞어버리고 만다. 사춘기에 관한 지식을 너무 많이 읽었기 때문일 것이다. 밤마다 혼자 침대에 누워, 잘못된 보고서들에 대한 좋은 대답들을 지나치게 많이 공부한 까닭에 모든 게 다 뒤섞이고 말았다. 그래서 그만 조커를 내놓는 실수를 해버렸다. 이런 위기에 대처하는 비책은 '선물하기'였다고 확신했기 때문이다.

"새 구두를 선물해주고 싶구나. 그럼 엄마는 무척 기쁠 것 같아."

니콜은 자기 인생에서 처음으로 무례하게 굴었던 행동이 어째서 새 구두 한 켤레라는 보상으로 돌아온 건지 도무지 이해할 수 없다. 하지만 그녀는 착한 딸이다. 그래서 무기를 내려놔야 한다는 상황을 받아들인다. 그리고 마음에 드는 모델을 생각해본다. 그녀는 내가 어떤 스타일(어떤 스타일의 여자친구)을 좋아하는지 전혀 모른다(사실 그건 나도 모른다). 그리고 내가 자기의 어떤 점에 끌렸는지도 궁금하다. 영어 회화 반엔 자기보다 훨씬 더 자유스럽고 쾌활한 여자애들이 많은데! 심지어 자기는 팔자걸음을 걷고 있으면서도 안짱다리로 걷고 있는 게 아닐까 생각할 정도로 늘 뭔가 서툴고 어정쩡한 기분인데! 그녀는 팔다리 어느 하나 부족한 게 없는데도, 언젠간 꼭 한 가지를 더 갖고 싶다고 생각한다. 매력이라는 걸. 딸의 멍한 시선을 보며, 엄마는 딸이 완전히 정신이 나간 것 같다는 생각이 든다. 그래서 아무래도 막판 승부를 걸어봐야겠다고 생각한다. 주제를 바꿔서 딸의 마음을 흔들어보기로 한 것이다. 여자 대 여자로서의 대화.

"우리 둘이 한 가지 프로젝트를 놓고 블로그를 만들어볼까?"

니콜은 처음으로 자기 인생에서 더는 속내를 털어놓을 수 없겠다고 느낀다. 그녀가 기대고 싶은 유일한 어깨는 이제 엄마의 어깨가 아니라 나, 윌코의 어깨다. 그녀는 여름방학 때 나와 함께 여름휴가를 떠나고 싶다. 그래서 우리가 해변에서 춤을 출 때 자기가 나보다 더 크게 보이고 싶지 않다는 생각이 들어서 엄마에게 이렇게 대답한다.

"생각해봤는데…… 발레리나 신발처럼 납작한 굽에 발등이 브이자로 파인 구두가 좋겠어요."

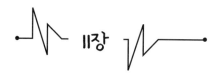

"게다가 8시 7분이었어요, 그 애가 태어난 시간이 8시 6분이었는데."

면회자들이 살균 소독을 안 해도 내게 가까이 올 수 있게 된 이후로 사람들이 끊임없이 방문했다. "우리 애는 면역결핍증 환자가 아니에요." 방문자들이 올 때마다 엄마는 그 말을 되풀이한다. 그리고 면회 오지 않는 사람들을 설득하기 위해 이 말도 덧붙인다. "이젠 세균도 없어요." 그래서 차츰 사람들이 오기 시작했는데, 실력자 의료팀이 내 수술이 불가능하다고 판단한 후에는 점점 더 많은 사람이 찾아왔다.(드디어 삶의 끝에 와있는 건가!) (하지만 난 못 들었다.) 한 의사가 그 말을 했을 때, 엄마는 화를 내며 말했다.

"그럼 뇌줄기 이식수술 같은 것도 시도해보지 않을 생각인가요?"

의료팀은 갑자기 허를 찔렸다. 이럴 땐 빨리 도망치는 게 상책일 것이다. 마침 옆 병실에서 비상벨이 자지러질 듯이 울기 시작했다. 곧 사망자가 생길지도 모른다는 걸 알리는 소리다. 의사들이 우르르 나가자, 엄마는 옆방 환자가 틀림없이 실수로 비상벨을 누른 걸 거라고 말해주었다. 지금의 나에게는 그렇게 말해주는 게 좋겠다고 판단했던 것 같다. 그리고 나서 아빠가 선언했다. 이제부터 윌코의 회복은 우리 가족 의료팀, 그러니까 우리 네 사람으로 이뤄진 팀이 전적으로 맡겠다고. 재활교육이 엉성한 작은 새 같은 나, 지칠 줄 모르는 트레이너인 아빠, 나의 열혈 팬인 엄마, 그리고 머리를 **빡빡** 깎은 여성 악대장인 누나. 그때부터 아빠는 설계도면에 몰두하기 시작했다. 건축가가 되지 않은 걸 후회하면서. 그래서 수학 교사인 에르망 선생님께 도움을 구했다. 에르망 선생님이 나를 보러 왔을 때, 아빠는 망설이지 않고 자신의 계획을 말했다.

"어떻게 생각해? 창문의 기울기를 좀 변경하면 윌코가 하늘을 더 잘 볼 수 있을 텐데 말이야."

에르망 선생님은 자기가 바보 같은 말을 하고 있다는 걸 알았지만, 그래도 안 할 순 없었다. 마치 젊음이 모든 권리, 심지어 아빠 얼굴 앞에 대고 멍청한 짓을 하는 권리까지 부여해줬다는 듯이.

"기욤, 이 방의 창문 기울기를 바꾸려면, 벽의 경사부터 바꿔야 하잖아요. 그보다는 침대 기울기를 바꾸는 게 더 낫지 않겠어요?"

헉! 에르망 선생님은 모르고 계셨다! 내 등의 기울기를 자유롭게 조정할 수 없다는 사실을 아빠에게 상기시키는 순간, 그 사람은 죽을 각오가 되어있어야 한다는걸……. 아빠의 눈빛이 그걸 말하고 있었다. 하지만 아빠는 침착하게 에르망 선생님에게 설명했다. 나는 알껍데기를 입고 있어서, 등을 30도 이상 기울일 수 없노라고. 그리고 덧붙였다. 정면 벽을 약간만 기울게 깎으면 아무도 눈치 채지 못할 거라고. 이 방이 제일 꼭대기 층이니까, 벽면 위쪽에서 대패질로 30센티미터 정도 기울이면, 훨씬 더 잘 볼 수 있을 거라고. 확실하다고. 하늘을 잘 볼 수 있으면, 하늘에 대한 인식을 완전히 바꿀 수 있다고. 아빠는 그렇게 말하고 다시 덧붙였다.

"그건 말이야, 자네가 수학 문제를 편안한 마음으로 풀기 위해서 문제 풀기 전에 책상 정리부터 하는 것과 마찬가지일세. 그건 자네도 부인 못 하겠지."

에르망 선생님은 아빠의 시선을 슬쩍 피하면서 자기 의견을 말했다. 마치 5분 일찍 끝나고 싶어서, 금요일마다 우리가 선생님 앞에서 경기장에 운동하러 가는 척할 때처럼. 선생님은 두 뺨을 부풀리고, 눈을 찌푸렸다. 그러곤 벽에 경사를 만들고 나서, 그 벽에 끼울 곡선의 유리창을 찾을 수 있을까 하고 한마디 했다. 그러고는 생각해보겠다고 하면서 가방을 챙겨 들었다. 그리고 한 손으로 내 알껍데기를 쓰다듬었다. 뭐랄까, 관을 떠나기가 좀 아쉬워서 관 뚜껑을 쓸어보는 사람 같다고나 할까……?

"자네만 믿을게." 아빠가 에르망 선생님을 향해 외쳤을 때는 도망치듯 나간 선생님이 어느새 복도 끝까지 가있을 때였다.

엄마가 내 기계 장치 주변을 분주하게 움직였다. 아빠와 시선이 마주치지 않으려고 그러는 거였다. 아빠가 초콜릿 사탕 하나를 집어 들었다. 리오넬 삼촌이 지난번에 갖고 온 선물이다.

"아빠가 초콜릿 하나를 또 빚졌어."

아빠는 한숨을 쉬진 않았지만, 대신 화장실 문을 열었다. 엄마는 사람들이 그 화장실을 사용하는 것도 좋아하지 않는다. 엄마 자신도 복도에 있는 화장실을 사용할 정도. "거긴 윌코의 욕실이에요." 엄마는 화장실을 사용하려고 하는 사람들에게 꼭 그렇게 말했다. 꽤 큰 소리로 이야기했기 때문에 아빠는 엄마에게 뭔가 대답하기 위해 흠흠 하면서 목을 가다듬는다. 엄마가 말했다.

"아빠가 소변을 보시는구나. 이따가 욕실 청소 좀 해야겠어."

아빠와 엄마처럼 나도 언젠가는 니콜과 그렇게 암호 같은 언어로 말하고 싶다. 그러기 위해서는 우선 내가 스스로 목을 가눌 수 있어야겠지.

"게다가 8시 7분이었어요, 그 애가 태어난 시간이 8시 6분이었는데." 갑자기 엄마가 말했다.

딸꾹. 방문객이 딸꾹질했다. 소리를 들으니 여자였다. 누굴까……? 엄마는 그 여자에게만큼은 쿵! 쾅! 이라는 말을 삼갔다. 그 여자에게서 헬리오트로프 향기가 났다. 아! 이 향기! 오셨구나! 두 눈 가득 근심을 안고서……. 화장실에서 나온 아빠가 두 팔을 벌린 그 여자의 품에 미끄러지듯 안겼다.

"넌 어쩜 이렇게도 못돼먹은 미련퉁이냐!" 할머니가 아빠에게 한 말이다.

"앙드레아가 알려줬기에 망정이지."

할머니가 다가와서 침대 위에 걸터앉았다. (제라질. 이제 정말 끝인 건가?)

"있잖니, 얘야……. 지난밤에 한숨도 못 잤단다. 혹시라도 전철이 늦게 오면 어쩌나 싶어서."

내가 할머니와 마지막으로 만났던 날에도 할머니는 밤에 잠을 못 잤다고 했었다. 할머니 아파트의 승강기가 고장 났는데, 의자 하나를 배달 받을 게 있어서였다. 아빠와 엄마가 할머니에게 말했다. 좀 더 상태가 좋아지면 알리려 했다고, 미리 알게 해서 걱정시키고 싶지 않았다고. 할머니는 시선을 내게로 향한 채 아빠와 엄마에게 대답했다. 나처럼 귀여운 아이를 '심한 사춘기 병을 앓고 있다'며 중상모략한 건 정말 미친 짓이 아니냐고. 그때 앙드레아가 나타나서 대화를 중단시켰다. 이번엔 누나의 빡빡머리가 다시 할머니를 눈물짓게 했다. 하지만 할머니는 그게 요즘 유행이라는 걸 알고 나서는(누나는 남자애들이 다가오는 걸 막기 위해 삭발했다는 말은 피했다.), 누나의 삭발에 무관심해져서 다시 내 침대 곁으로 돌아왔다. 이런 중에도 아빠는 정면 벽의 설계도면을 손에서 놓기가 어렵다. 그리고 엄마는 유키를 닮아 보일 때의 아빠를 보는 게 어렵다. 유키는 예전에 길렀던 닥스훈트와 도베르만의 잡종견인데, 그 후엔 보스롱과 블뢰 드 가스코뉴의 잡종견을 길렀었다.

"하여튼 저 똥고집! 멍청이! 자존심만 강해서는!"

아빠는 집에서 전구 하나 갈아 끼운 적이 없다. 어쩌다 계단의 전구를 뺄 때도 몹시 힘들어한다. 그래서 엄마는 병원 벽을 비스듬하게 깎아서 유리창을 새로 끼우는 일을 아빠가 과연 해낼지 믿을 수가 없다. 말이야 쉽지! 아빠 역시 엄마 얼굴을 보기 어려워한다. 왜냐하면, 손으로 하는 일에 있어서는 엄마의 적극적인 도움을 받지 않을 수 없기 때문이다. 이것이 내가 입원한 후로 아빠와 엄마가 처음으로 벌인 싸움인 듯하다. 내 기억에 그 전에 싸운 건 저녁 식사로 소시지나 햄 같은 돼지고기 가공식품이 나왔을 때였는데, 엄마는 아빠가 아이들 몫을 가혹하리만큼 인색하게 준 것에 대해 아빠더러 '왕짜증'이라고 했고, 반대로 아빠는 마치 우릴 기아에 허덕이는 아프리카의 빈민 아이들처럼 대하는 엄마가 '지긋지긋하다'고 했다. 그래도 두 사람 입에서 이렇게 한 번 진실이 나오고 나면, 디저트가 나올 즈음엔 언제 그랬냐는 듯이 다시 조화를 이루는 게 우리 아빠와 엄마다.

할머니는 내게 얼마나 어떻게 고통스러운지 상세하게 물어본다. 하지만 내가 대답을 못해도 놀라지 않는다. 내가 말을 할 수 없다는 걸 앙드레아로부터 미리 들었기 때문이다. 사태가 꽤 심각하구나. 할머니가 결론처럼 한 그 말 덕분에 우리 가족은 다른 설명을 더 하지 않아도 되었다. 할머니의 헬리오트로프가 향기를 발산한다. 헬리오트로프 꽃잎들은 태양을 향해 돌아가는 것 같다. 야간 간호사가 올 때까지 이 세 여자가 여기 있어준다면, 니콜의 향기를 아주 조금 희미하게나마 복구시킬 수 있을 텐데. 엄마의 뜨거운 모래 냄새, 앙드레아의 오렌지 꽃잎 향기, 그리고 할머니의 헬리오트로프 꽃향기. 난 눈을 감는다. 그리고 세 여자가 이야기하는 걸 듣는다. 자주 지각하게 만드는 변두리 지하철이며, 다가올 휴가 등에 관한 이야기다. 앙드레아는 이곳에서 조금 벗어나기 위해 할머니 집에서 며칠 보내고 올 수도 있을 것이다. 하지만 앙드레아는 단박에 거절한다. 그리고 다음번 여름휴가는 나의 휴가 일정에 맞추겠다고 말한다. "그건 그때 가서 생각해보자." 엄마가 말한다. 엄마는 내가 2088년이 되기 전에는 여름휴가를 갈 수 없다는 말을 내 앞에서 하고 싶지 않은 것이다.

지금 왜 갑자기 별 모양 잔디를 깎는 이웃집 아저씨가 생각나는 걸까……. 그 아저씨 생각을 하면 왠지 마음이 편안해진다. 아저씨는 늘 혼자지만 평온하다. 약간 우울하지만, 모범적이다. 그리고 맞은편에 있는 우리 집을 자주 올려다본다. 아저씨의 정원엔 자동차가 없다. 일하러 직장에 가긴 하지만, 일찍 퇴근한다. 그리고 여기저기 볼일 보러 다니는 법이 없다. 여름휴가도 떠나지 않는다. 그러니 자동차가 별로 소용이 없다. 더욱이 자신이 만든 별 잔디를 손상하지 않고 주차하려면 주차 장소를 찾기가 여간 어렵지 않을 것이다. 그 아저씨가 그 집에 있을 거라는 생각은 왠지 주변 사람들을 안심시켜 줄 것 같다. 내가 6층에서 떨어지던 순간, 아저씨는 밖으로 나와봤을까? 구급차 소리 때문에 나왔을까? 언젠가 별 모양 잔디 깎기 아저씨가 자기 집 현관 층계에서 두 발을 빗속에 내맡긴 채 맨 아래 계단에 앉아 있는 모습을 본 적이 있다. 그때 아저씨는 뭔가를 찾고 있는 것 같았다. 하늘에서도 땅에서도 아니고, 자기 바로 앞에서. 등 뒤에 있는 집은 아직 불이 꺼진 상태였고, 거리의 불빛도 아직 켜지지 않은 때였다. 정원의 철책 문은 열려있었다. 잘못 닫았던 것 같다. 왜냐하면, 뒤에 따라 들어온 사람이 없었기 때문이다. 그런데 아저씨가 갑자기 몸을 움직였다. 벌떡 일어나서 두 팔을 앞으로 내밀고 걸어 나왔다. 마치 누군가를 맞이하여 그를 꽉 안아주기라도 할 것처럼. 그러더니 다시 뜰을 가로질러서 현관 층계로 돌아가 앉았다. 아직 때가 아니라는 듯이.

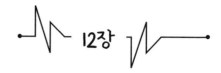

눈을 감는다. 이번에도 니콜의 집이다. 눈만 감으면 니콜 집에 가 있는 건 이제 자동이 된 것 같다. 지금 니콜은 자기 방에 틀어박혀 있다. 니콜 엄마는 문 뒤에서 노크를 해야 할까 말까 망설이는 중이다. 책에서 읽었던 내용이 떠오른다. 사춘기 소녀는 이제 어린애가 아니므로 들어가기 전엔 항상 노크해야 한다는 것. 하지만 불시에 들어가 보지 않으면, 그 애가 정말 무엇을 하며, 무슨 생각을 하며 지내는지 어떻게 알 수 있을까? 환각 상태에 빠져들기 위해 자기 목을 조른다는 그 위험한 스카프 놀이를 하는 건 아닐까? 인터넷에서 이상한 대화를 주고받고 있는 건 아닐까? 아니면 방탕한 자들과 채팅을 하면서 벗은 몸을 웹 카메라로 찍고 있는 건 아닐까? 불쑥 들어가 보지 않고서야 이런 걸 어떻게 알 수 있단 말인가? 몇 분 전부터 니콜의 방 안에선 계속해서 같은 곡조가 들려오고 있다. 클래식 음악이다. 니콜은 얼마 전에 〈백조의 죽음〉이라는 곡을 알게 된 후로, 줄곧 그 곡만 반복해서 듣는다. 엄마는 아무래도 자기 딸이 자살을 염두에 두고 있는 것 같아 걱정스럽다. 저 곡이 혹시 그 옛날 자신의 결혼식 음악은 아니었을까? 기억나지 않는다. 혹은 자신의 장례식 음악이 될는지 그것도 알 수 없다. 단지 자기가 어린 소녀였을 때 그 음악을 들었다는 것만 생각난다. 딸에게 저 45회전 도넛 판 레코드와 전축을 주지 말았어야 했다. 엄마는 첼로 연주를 좋아하던 자기의 어린 시절을 떠올렸다. 첼로 소리를 들을 때마다 슬픈 우여곡절의 인생을 상상하면서 울곤 했었지……

니콜은 닫힌 창문 앞에 놓인 책상 위에 올라서본다. 창문을 열면 바람이 들어와서 엄마를 긴장시킬 수 있을 거라는 걸 의식하지만, 그래도 내가 어쩌다가 떨어졌는지 이해해보고 싶은 것이다. 난 니콜의 몸 위로 떨어져 그녀를 부수고 싶었다, 오직 그녀와 하나가 되기 위해서. 얼마나 찬란한 종말인가! 내 나이에 생각해봄 직한 일 아닌가?

니콜은 자신의 두피를 손으로 만져본다. 두피가 움직인다. 그녀는 자신의 몸에 새로운 움직임이 생겼다는 것에 주의를 기울이고 싶지 않다. 어렸을 때처럼 과잉 관절이완증인지 어쩐지 측정해보려고 엄지손가락을 뒤로 힘껏 젖혀서 손목까지 닿는지 시험해보고 싶은 생각이 없는 것이다. 그녀의 엄지손가락은 뒤로 아주 많이 젖혀졌었다. 그러나 세월이 흐르면서 니콜의 몸은 차츰차츰 더 자리를 잡아갔다. 니콜은 손가락 길이를 넘어서도록 길게 기른 손톱을 보기 좋아한다. 그래서 손톱에 붙여놓은 카네이션 꽃잎이 손바닥을 폈을 때도 보이는지 어쩐지 확인해보곤 한다. 어렸을 때는 귀부인 놀이를 하면서 손톱에 카네이션을 붙여놓곤 했었다. 니콜은 엄마가 자신의 변화를 받아들이기 힘들어하지만, 그래도 문신이나 피어싱처럼 돌이킬 수 없는 것만 아니라면, 오데코롱이나 향수를 바꾸는 것 등은 너그러이 견뎌 주고 있다는 걸 잘 안다(내가 엄마들 마음에 대해선 좀 알지.). 니콜의 엄마 는 딸이 그 아름다운 붉은 머리에 손을 댄다는 건, 생각만 해도 병 이 날 지경이다. 그래도 어느 날 머리 염색을 하고 나타난다면 눈감 아줄 준비가 되어있다. 니콜은 자기 코에 여드름이 나서 사포처럼 변 한 걸 오히려 행복하게 여겼었고, 그걸 치료하기 위해 친구들과 똑같 은 여드름 치료제를 쓰게 된 걸 자랑스러워했었다. 엄마가 그녀에게 데오도란트를 선물했던 날, 니콜은 몹시 기뻤었다. 하지만 다른 한편 으로는, 자신의 몸이 이렇게 변해간다는 것(9개월마다 신발 크기가 달라질 정도로)을 미처 의식하지 못하던 그 옛날의 어린 소녀로 다신 돌아갈 수 없다는 걸 깨닫는 건 그리 기쁜 일이 아니라는 생각도 들었다. 니 콜은 이제 책상 위에 서서 거리를 응시한다.

니콜의 엄마는 노크하기로 맘먹는다. 그래서 문을 밀면서 노크를 한다. 그리고 니콜이 책상 위에 있는 걸 보았지만, 소리 지르지 않으 려고 자제한다. 괜히 상황을 심각하게 몰고 가지 말 것. 유머를 생각 해낼 것. 매 순간 상황을 부드럽게 조절할 것(이건 엄마가 항상 마리 노엘 숙모에게 조언하는 말들이다).

"니콜, 소시지 먹을 건데, 완두콩을 곁들일까, 아님 깍지콩이랑 먹 을래?"

니콜은 소시지를 먹고 싶지 않다고 말한다. 창문은 닫혀있고 컴퓨터의 덮개도 덮여있다. '자, 그러니 두려워할 거 없어, 모든 게 괜찮잖아.' 그렇게 생각하는 엄마의 눈에 눈물이 고인다. 왜냐하면, 창가에 놓인 책상 위로 올라가는 건 정상적인 행위가 아니기 때문이다. 엄마는 딸의 학교에 다니는 한 남학생에게 어떤 일이 일어났는지 알고 있다. 바로 내 이야기다. '게다가 소시지를 거부하다니 정말 이상하네. 입맛이 없다는 건 정상이 아니잖아?' 그래도 저녁 식사 때는 딸 앞에서 아무렇지도 않은 얼굴을 해야 한다. 니콜의 엄마는 가끔 누군가와 내적 언어로 소통할 수 있으면 좋겠다고 생각한다. 오랜 세월을 통해 시선만으로도 서로의 생각을 이해할 수 있는 언어. 그녀는 니콜이 난생 처음 빙빙 돌아가는 놀이 기구를 탔던 때를 끊임없이 떠올린다. 조그만 계집아이가 돌아가는 작은 찻잔 안에 혼자 앉아있을 때 느끼는 두려움과 자부심, 그리고 그때 서로를 너무나 잘 이해할 수 있는 사랑하는 엄마와 딸이 주고받던 깊은 시선……. 니콜이 식탁에 와서 앉았을 때, 엄마의 눈은 붉어져있었다. 엄마의 머릿속에서 수많은 질문이 폭포수처럼 쏟아져 내린다. '혹시 니콜이 혐오감을 일으켜서 사람들의 시선을 끌려고 책상 위에서 스카프 게임을 한 건 아닐까? 빈사의 백조가 실은 그 신음을 오르겐 소리로 덮기 위한 구실은 아니었을까? 지금까지 딸이 한 번도 입에 올리지 않았지만, 휴대전화에 자주 뜨는 그 바딤이라는 인물은 대체 누구일까?' 딸에 대해 이토록 당황하여 어쩔 줄 모르는 어머니는 극히 드물다.

엄마와 딸이 식사를 시작한다. 엄마는 딸에게 질문하는 건 피해야 한다는 걸 알고 있다. 요즘 유행한다는 말, 예고 없이 훅 들어간다는 말은 엄마를 당황케 했었다. '자연스럽다'는 말 또한 그녀를 두렵게 하는 또 하나의 단어다. 딸과 함께 있는 게 자연스럽지 않게 된 건 언제부터였을까? 그녀가 질문 한번 없이, 딸아이의 생각을 혼자 해독해보려고 시도한 지가 적어도 2주는 되었다. 그때 니콜의 전화벨이 울리고, 대문자로 쓴 바딤이라는 이름이 휴대 전화 창에 떴다. 니콜이 살짝 얼굴을 붉히더니, 실례한다고 하면서 일어나 자기 방으로 들어가 버린다. '뭔가 내게 숨기는 게 있는 거야.' 엄마는 생각한다. 혹시 마약이나 향정신성 약품 같은 걸 쓰는 동아리에 빠질 나이가 된 걸까 하는 의심도 든다. 바딤? 흔한 이름은 아니다. 딸이 전화를 받는 동안 엄마는 식탁에서 일어나 복도 쪽으로 나가본다. 딸의 방에선 여전히 빈사의 백조가 흐르고 있다. 잘 알아들을 수 없는 딸의 목소리가 첼로 소리와 뒤섞인다. 바딤은 자기 아빠에게 문제가 생겼다는 이야기를 하면서, 그래서 병원 면회 날짜를 아직 잡지 못했다고 사과한다. 그리고 내 병실을 찾아오는 사람들이 많아졌고, 면회 시간도 이젠 자유로워졌다는 소식을 학교에서 들었다고 이야기한다(오! 그건 그녀가 원할 때 언제든 갈 수 있다는 이야기다).

니콜은 다시 식탁으로 돌아온다. 나를 보러 가는 게 자유로워져서 기쁘다. 당장 내일이라도 가보고 싶다. 하지만 집에 늦게 돌아오는 이유를 거짓말로 만들어내야 한다는 게 걱정스럽다. '차라리 오후 수

업을 빼먹을까? 엄마에게 추궁을 당하는 것보다는 선생님께 추궁당하는 게 낫지 않겠어?'

"아, 정말 모르겠어." 니콜이 자기도 모르게 입 밖으로 소리를 내고 말았다.

"뭘 모르겠는데?" 엄마가 딸에게 묻는다. 드디어 딸이 말을 걸어준 걸 기뻐하면서! 하지만 니콜은 엄마에게 말한 게 아니었다. 그녀 안에 들어있던 말이 더는 가만히 있을 수 없어서 자신도 모르게 툭 튀어나온 것뿐이다. 그러니 무슨 답이든 꾸며내야 한다. 그 문장은 스스로 투신한 거니까. 사실 어쩌다 가끔 그녀 입에서 튀어나와 고민하게 만드는 건 전혀 다른 단어다. 월코. 그 이름은 언제라도 튀어나올 수 있다. 사실 지금까지 니콜의 엄마는 그 단어에 주의를 기울이지 않았다. 그저 요즘 유행하는 가벼운 욕 같은 걸로 생각했다. 그러고 보니 니콜은 혼자 집에 있을 때면, 자신도 모르게 월코라는 말을 내뱉고는 놀라서 접시를 놓쳐버릴 뻔한 적도 있었다는 걸 깨닫는다. 니콜이 그렇게 자주 자기 입에 한 손을 갖다대는 건, 그 단어가 막 입에서 나오려는 걸 막기 위해서다. 그녀는 누군가를, 뭔가를, 어떤 비밀이나 약속을 자신도 모르게 노출할까 봐 두렵다. 그녀는 단어가 아닌 단어, '월코'라는 말에 어떤 역할을 줘야 할지 모른다.

"그건 그의 이름이야." 니콜이 손바닥으로 입을 가리고 중얼거린다.

그러자 엄마는 치과에 관한 이야기를 해야 할 때가 아닐까 생각한다. 1년에 한 번씩 치과에 가는 건 꼭 필요하고, 관례이며, 또한 신중

한 태도다.

그러고 보니 난 아주머니든 소녀든, 여자들의 마음을 꽤 잘 알고 있을 뿐 아니라, 6층에서 떨어지는 데 필요한 조건과 정보도 모두 갖췄던 것 같다. 정말로.

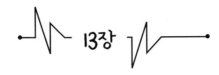

"윌코는 네가 생각하는 것만큼 천문학에 관심이 없을 수도 있어. 그 애는 하늘보다 오히려 덜덜거리는 똥차를 더 좋아할 수도 있단 말이다!"

아빠의 창문 프로젝트에 화가 난 할머니가 테이블 위를 쾅 내리쳤다. 손바닥으로 내리쳤는데도 테이블 위에 있던 체리 봉지가 풀썩 뛰었을 정도다. 체리는, 여름이 성큼 다가왔다면서 리오넬 삼촌이 최근에 갖고 온 거였다. 엄마는 아빠의 주문대로 천장에 벽화를 그렸다. 아빠는 할머니의 도전적인 언사에도 아무 반응 없이 잠자코 천장을 응시했다. 우리를 데리고 시스티나 천장 벽화를 보러 갔던 때처럼. 엄마가 지나치게 신경을 써서 그린 탓에 큰곰자리의 이중성이 서로 너무 가까워 하나처럼 보였다.

"맞아. 내가 주의를 좀 기울여달라고 부탁했는데, 저건 좀 지나치네. 저 이중성은 확실히 쌍성처럼 보여. 이중성은 맨눈으론 보이지 않는데 말이야."

그때 할머니가 한 말씀하셨다. 내 기분 전환을 위해서라면, 차라리 벽에다 내가 좋아하는 포스터를 붙이거나, 원하는 메시지를 크게 써서 붙이는 게 더 낫겠다고. 하지만 난 큰 글씨를 쓰는 것도 바라지 않는다. 왜냐하면, 프뤼당스가 체리 봉지에다 화살로 꿰뚫은 love를 썼는데, 그 글자가 심하게 거슬렸기 때문이다. 우리 반 애들은 '빨리 낫길 바랄게'라고 쓴 카드 위에 나의 모든 꿈이 이뤄지길 기원하는 글을 써 보냈다. 말이 나왔으니 하는 건데, 난 내가 2학년으로 올라가게 되었다는 걸 알고 무척 기뻤다. 체육 한 과목에서 3점을 받은 데다, 1월에 사고를 당해 출석도 못했는데, 2학년으로 올라갈 수 있었다. 며칠 전 아침에 아빠와 엄마가 와서 날 몹시 자랑스러워하며 축하해줬다. 아빠가 말했다.

"브라보, 윌코! 네가 2학년이 되었구나."

엄마가 보충 설명을 했다.

"네가 문과에 더 끌린다는 건 알고 있지만, 그래도 우린 네가 이과에 등록하는 게 더 좋겠다고 생각했어. 왜냐하면……."

"계단 때문이란다. 학교에서 이과 교실들을 모두 1층으로 옮겼거든. 그러니 그곳이 더 실용적이지. 휠체어를 타고 수업을 들을 수 있을 테니까."

"아무래도 처음엔 휠체어를 타야겠지." 엄마는 그렇게 말한 뒤에, 잊지 않고 한마디를 덧붙였다. "아빠가 네 체리 하나를 먹었단다."

할머니는 휠체어 이야기에 거의 반응하지 않았다. 그리고 엄마의 뒤를 이어서 자주 기계를 점검했다. 식구들의 대화를 따라가기 힘들다고 생각될 때는 기계가 내는 삐삐 소리에 집중했다. 심지어 주변의 소리를 덮기 위해 "삐삐 삐삐삐." 하고 노래를 부르기까지 한다. 그 모습이 꼭 할머니가 기르는 앵무새들을 닮았다. 할머니는 결국 우리 집에 머물기로 했는데, 새들의 모이를 주기 위해 왔다 갔다 할 필요 없게 아예 새장을 갖고 오기로 했다. 할머니는 삐삐삐 소리를 내면서 동시에 한쪽 눈을 찡긋한다. 다른 사람들이 수다를 떠는 동안 나 혼자만 눈을 깜빡이고 있는 게 공평치 못하다고 생각했기 때문이다.

바딤은 아직 나를 보러오지 않고 있다. 가족들은 그 애 때문에 내 마음이 상했을까 걱정이 되었는지, 바딤이 영어 회화 시간에 녹화한 비디오테이프를 갖고 곧 올 거라고 안심시킨다.

"영상을 편집하는 데는 시간이 꽤 걸리지."

"운동장에서 로드 무비도 찍을 거야, 아마."

"웨스턴 스타일로."

"웃기는 장면과 감성적인 장면에다 서스펜스까지 가미해서 말이야."

"그것도 영어로."

오늘은 5월 1일이다. 바딤의 생일 파티가 앞으로 16일 남았다(제라질!). 그새 아빠는 은퇴한 목수 한 명을 구했다. 목수 아저씨는 신중하게도 자신이 해야 할 작업을 미리 검토해보고 싶어했다. 아침 7시 반, 엄마가 오기도 전에 프레도 아저씨가 먼저 왔다. 수평기와 줄자와 연필을 갖추고 온 아저씨는 나를 보고 자신의 유년기를 떠올리면서 여섯 살 때 돌아가신 어머니 이야기, 실업자인 데다 귀까지 먹어서 자기가 우유 배달을 해서 도와야만 했던 아버지 이야기, 그리고 아저씨가 글을 읽을 줄 모른다는 걸 내가 눈치채지 않았더라면 아마 책에서 훔쳐온 거라고 오해했을 법한 이야기 등을 들려주었다. 아저씨 손에서 수평기의 붉은 구슬이 피눈물처럼 옆으로 미끄러졌다. '호오, 피눈물? 꽤 괜찮은 표현이잖아! 언젠가 니콜에게 그 이야기를 해줘야겠어. 그리고 내가 맘속으로 얼마나 피눈물을 쏟았는지도 말해줘야지.' 처음엔 가능한 거라고 믿었고, 그다음엔 가능성이 없을지도 모른다고 생각했으며, 또 그다음에는 가능성이 전혀 없다고 결론을 내렸던 그녀의 방문을 상상하면서, 또 틀림없이 내게서 그녀를 빼앗아 갔을 게 분명한 바딤을 향해 점점 커지는 나의 증오를 느끼면서, 내가 피눈물을 흘렸었다는 이야기를 꼭 해주고 싶다(하지만 지금은 그 생각을 하면 안 된다. 프레도 아저씨에게 집중하자).

프레도 아저씨는 엄청난 에너지를 보여주었다. 절망적인 상황에서 출발했더라도, 인생은 언제나 기대치 못한 깜짝 선물들로 채워질 수 있다는 걸 보여주는 에너지였다. 그래서 난 바딤의 파티에 관한 생각을 지우려고 굳이 애쓰지 않기로 했다. 내가 거기 못 갈 거라고 누가 그래? 아빠의 예측을 신뢰한다면, 모든 게 가능하다. 실력파 의료팀은 선포하듯 말했었다(삶의 종말을). 하지만 기적이란 게 있지 않은가!

"앙드레아는 아마 바칼로레아에 붙을 거야."

기적이 일어난다면, 난 곧장 바딤의 파티로 갈 거다. 휠체어를 타고 뷔페 식탁으로 돌진하는 거야. 거기서 샴페인 잔 두 개를 집어들고 니콜에게 갖다주는 거지. 그래서 과연 누가 정말 강한 자인지 그녀에게 보여주는 거야(샴페인이 없어도 상관없다). 바딤과 둘이서 파티를 계획할 때, 우린 큼지막한 시가를 함께 피울 생각까지는 하지 못했어도, 그날 파티를 위한 음료수들은 점찍어 두었다. 우리를 빨리 취하게 해줄 거라는 보장이 있어서만은 아니었다. 그건 파티 시작부터 조금이라도 더 어른스럽게 보이고 싶은 욕망 같은 거였다. 심지어 바딤은 '근사한' 양복을 입겠다는 생각까지 했었다. 물론 그 생각은 곧 접었다. 바보 멍청이처럼 보일 게 뻔한데, 걔는 어떻게 그런 생각을 했는지, 참! 하지만 내가 직접 피자를 만들어 먹자고 제안했을 때, 바딤은 더 나은 아이디어를 내놓았다. 패스트푸드를 내놓을 게 아니라, '정식 요리'를 만들자는 거였다. 그것도 유리그릇이 아닌 오븐용 도자기 요리로! 그때만 해도 머리카락이 풍성했던 앙드레아는 우리 이야기를 들으면서 '아이고, 이 얼간이들아!' 하면서 머리를 절레절레 흔들었다.

"미안하지만, 앙드레아, 우리도 이젠 고등학생이야. 제발 신경 좀 꺼줘. 바딤, 우리 카드도 준비하는 건 어때?" 내 친구를 변호하기 위해 내가 제안했다.

지금 난 그 파티 준비가 어디까지 진행되었는지 모른다. 그때 우리는 이것저것 닥치는 대로 아이디어들을 던졌는데, 결국엔 생일 즈음에 가서 결정하기로 결론을 내렸다. 옆에서 우리더러 결혼식 준비를 하는 거냐고 비웃으며 감 놔라 배 놔라 잔소리해대는 앙드레아 때문이었다. 그러고 나서 얼마 지나지 않아 내가 사고를 당했고, 바딤도 다락방에 자기 방을 만들고 아빠와 함께 외부 계단을 만드는 작업을 하느라 바빴다. 외부 계단을 만들면 더 독립적으로 지낼 수 있게 된다. 특히 부모님 눈치 안 보고 여자애들도 맘대로 드나들 수 있을 것이다. 지금 우린 부모님께 인사 시키려고 여자 친구를 집에 데리고 왔을 때, 불안정한 감정 때문에 흥분을 억제하기가 쉽지 않은 그런 단계를 지나는 중이다. 어찌 생각하면 편지를 주고받는 것도 흥미로워 보인다. 우리 아빠와 엄마는 이성 친구가 생기면, 좋아한다는 감정을 몸으로 표현하기 전에 먼저 오랫동안 편지를 주고받아 보라고 늘 말했었다. 아닌 게 아니라 편지를 주고받는 건 미칠 듯한 사랑의 궁극적인 형태로 보이기도 한다. 난 항상 나의 서정적인 면을 보여주면, 여자애들이 내 가치를 재평가할 수 있으리라고 생각해왔다.

"윌코, 이메일 말고, 편지야, 편지." 엄마가 말했다. "편지함을 줄곧 기웃거리며 애타게 기다리는 그런 편지 말이야. 촉촉해진 눈, 열정적인 영혼!"

그런 내게 엄마는 편지 쓰기를 권장했다. 엄마도 이탈로 칼비노의 소설을 알게 해준 스키 코치와 10년 동안이나 편지를 주고받았다. 그러다 아빠를 만나고서 편지 왕래를 끊었다. 비록 플라토닉한 감정이었다곤 하지만, 이런 문학적인 이야기에 아빠가 분개했기 때문이다. 엄마는 미소 띤 얼굴로 아빠에게 스키 코치의 편지들을 읽어주면서, 그때마다 그 남자가 쓴 새로운 단어를 발견하며 즐거워했다고 한다.

인공적인 것보다 자연적인 걸 더 좋아하고, 도시보다 산, 들판보다 산꼭대기, 부정한 것보다는 순결한 것, 악보다 선을 더 좋아했던, 진짜 나무껍질 그대로인 가식 없는 남자였단다.

"한마디로 농구화 신은 촬거머리." 아빠가 엄마의 입을 닫게 하려고 결론을 내려버렸다.

그게 나와 누나에게 아빠와 엄마가 해준 이야기다. 두 분은 각자 결혼 전에 이런저런 경험이 있었다는 걸 우리에게 알려주는 게 중요하다고 생각했던 것 같다. 아빠는? 아빠가 우리에게 이야기해주고 싶었던 여자, 말하자면 아빠를 사랑했던 아포테오시스는 자기 집 밑에서 9시에 만나자고 약속한 소녀였다. 아빠는 그 시간이 저녁을 먹기에는 너무 늦은 시간이라고 생각해서, 아마 그녀가 아침 9시를 말한 걸 거라고 추리했다. 그래서 오전 9시 15분 전부터 그녀의 집 밑에 가서 기다렸다. 그러다 밤이 되기까지 기다리게 되었고, 마침내 그녀가 나타난 건 밤 9시였다. 물론 아빠의 아포테오시스는 남자가 자기 집 뒤에서 12시간이나 기다렸을 거라곤 꿈에도 상상하지 못했다.

아빠와 엄마는 아들, 딸에게 로맨틱한 하루가 어떤 건지 보여주려고 노력한 거겠지만, 어쨌거나 여름마다 우리를 나체 해변으로 데리고 갔던 거로 봐서는, 우리 부모님의 과거가 생각보다 그리 조신했을 것 같지 않다는 게 우리 남매의 생각이다. 적어도 우린 그랬기를 바란다.

난 프레도의 성생활이 궁금했다. 하지만 그는 다른 이야기만 했다. 그는 질병이 사람을 자라게 하듯, 장애도 그렇다고 말했다.

"장애인 올림픽을 보렴."

난 어떤 종목이 좋을까 생각해봤다. 잠수? 그건 망했다. 아무래도 봅슬레이가 낫겠지? 이래서 난 다시 봅슬레이로 돌아온다. 하지만 목표가 챔피언으로 끝나는 건 뭔가 아쉽다. 난 항상 좀 더 시적인 운명을 꿈꿔왔는데 말이다. 프레도가 벽의 높이를 재기 위해 테이블 위로 올라간다. 아직 난 잘 모르겠는데, 아빠는 일단 계획을 세운 이상, 정말로 벽을 깎아낼 생각을 하는 것 같았다. 하지만 간호사들이 없는 시간에 벽면을 판다는 건 대단히 잘못된 발상인 것 같다. 엄마도 나와 같은 생각이라는 걸 알았다.

"그러면 작업하는 시간에는 윌코가 TV를 볼 수 없잖아."

그러나 TV 따위로는 아빠를 설득할 수 없다. 그 말을 들으니, 언젠가 호텔에서 보낸 주말이 떠오른다. 누나와 내가 호텔 방에서 미친 사람들처럼 리모콘으로 채널을 여기저기 돌리며 보낸 주말이었다. 집에선 볼 수 없는 그 아름다운 바보상자를 발견하고 우린 얼마나 행복했는지 모른다. 또 객실마다 텔레비전을 설치해놓아서, TV를 안 볼 수 없게 만들어 놓은 호텔의 시스템에 대해 아빠가 격노했던 것도 기억난다(오, 이런! 마치 삶의 종말에 이른 것처럼 별별 기억들이 다 새록새록 떠오르고 있다는 이 사실이 끔찍하다).

앙드레아 누나는 언제부턴가 수업이 끝나는 즉시 날 보러 오고 있다. 남자애들과의 연애가 없는 새로운 삶을 살기 시작하면서 누나의 얼굴은 이전보다 더 빛이 나고 밝아졌다. 내가 입원한 후로 누나의 내면 세계는 훨씬 더 흥미롭게 느껴진다. 누나는 날 보러 올 때마다 내게 감사한다. 우리 집 여름방학 계획에서 몽탈리베가 삭제된 후로 자신의 몸이 새로운 감각을 갖게 된 것 같다면서. 때때로 친구를 데리고 오기도 한다. 누나 친구들은 이렇게 날 보러 오는데, 어찌된 영문인지 내 친구들은 아무도 안 온다. 그 이유를 설명해준 건 앙드레아 누나뿐이다.

"틀림없이 친구들이 널 잊었다고 생각하지? 그렇지 않아, 윌코. 오히려 네 친구들은 널 너무 생각하기 때문에 차마 오지 못하는 거야."

누나 친구들도 그 말에 동의한다. 그러고 나서 그들은 자기들이 부딪친 졸업반이라는 문제에 대해 다시 진지한 이야기를 나눈다. 어쨌거나 졸업반이 되면 감정적으로 훨씬 성숙해지는가 보다. 나는 알껍데기 속에 누워 잠깐잠깐 그들의 대화에 귀를 기울여보기도 한다. 그녀들은 혹시라도 내가 자신들의 이야기에 이의를 제기하거나 반박하고 싶어서 신경이 곤두서는 일이 생길까 봐, 최대한 조심스럽게 대화를 나눈다. 하지만 정작 난 다른 생각에 빠져있다. 주로 니콜 생각이다. 니콜이 매일 나를 찾아와 내 머리맡에 앉아서, 다른 사람과 조용조용 이야기하는 소리를 듣게 될 그날을 상상해보는 거다. 그녀의 말소리를 잘 듣고 있다가도 문득 나 아닌 다른 누군가가 그녀의 시선을 빼앗았다는 생각에 갑자기 마음이 상하기도 할 것이다. 그럴 땐 내 몸에 달린 기계 장치가 끔찍하게 삐삐 소리를 내는 거다. 그러면 놀란 니콜이 결코 그 소리를 잊지 못하게 될 테고.

지엘 바르텔레미 박사는 비뇨기과 의사다. 그가 처음 보는 의사와 함께 병실로 들어온다. 난 그가 문을 들어서기도 전에, 비뇨기과 의사가 오고 있다는 걸 안다. 그는 목소리 톤을 경쾌하게 만들기 위해 헛기침으로 목을 가다듬는 버릇이 있기 때문이다. 박사는 누나더러 부모님이 어디 계시느냐고 물었다. 조금 후에 돌아오실 거라는 누나의 대답을 듣자, 그는 다시 나갔다. "내 생각에는 아마 네가 곧 집으로 돌아가게 될 것 같아." 누나가 말했다. 엄마의 몇 가지 나쁜 습관이 누나에게도 전염되었다. 누나가 내 생강 과자 봉지를 친구에게 내밀면서 이렇게 말했기 때문이다.

"페넬로프가 네 과자 하나 빌린다."

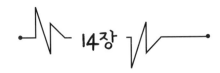

일기예보 때문에 바딤의 파티가 하루 앞당겨졌다. 앙드레아 누나를
통해 알게 된 소식이다. 바딤의 엄마가 최근에 누나더러 여름을 대비
해 머리 면도를 하는 게 좋겠다고 해서 그 집에 갔었다고 한다. 바딤
의 아빠는 회사에서 중장비 기계를 두 대 빌렸는데, 그중 하나는 승
강대를 뷔페 식탁으로 사용하기로 했고, 큰 사다리가 달린 중장비
는 임시로 바딤의 방 창문으로 들어가는 계단 대용으로 쓰기로 했
다. 아직 계단을 만들 시간이 없었기 때문이다. 앙드레아가 반 아이
들이 찍은 영상을 갖고 와서 내게 보여주었다. 누나의 손이 내 손 위
에 올려졌다. 매니큐어도 안 칠하고, 반지도, 인조 손톱도, 심지어 천
으로 만든 여름용 작은 팔찌 하나 없는 손이다. 친구들이 만든 영
상은 코믹했다. 영상 속에서 바딤은 여자애로, 니콜은 남자애로 분
장했다. 영상을 보고 있는 동안 내 손에 잠깐 열이 난 순간이 있었는
데, 그게 니콜 때문이었다는 걸 누나가 알아챘을 리 만무했다. 그래
서 누나는 내게 열이 있는 줄 알고 이마에 손을 대보며 고개를 갸웃
했다. 누나는 날 위해 필름을 여러 번 돌려주었다. 내가 눈을 깜빡거
리면, 그 장면을 다시 보고 싶어 한다는 걸 알아채고 그 부분을 다
시 돌려준 것이다. 내가 다시 보고 싶은 장면은 운동장에서 아이들

이 갈색 머리와 금발, 두 편으로 나뉘어 전쟁을 하는 중에, 식당 창문으로 붉은 머리의 여왕이 하품을 하며 모습을 드러내는 장면이다. 여왕은 금발로 분장한 바딤의 인도를 받으며 안뜰로 나가서, 제일 먼저 춤을 추기 시작한다. 그게 무도회의 시작을 알리는 신호다. 하지만 그녀와 함께 춤춘 애가 누군지는 알 수 없었다. 무도회가 시작됨과 동시에 화면에 첫머리 자막이 올라오면서, 카메라가 흥분한 학생들을 피해 급하게 교문을 나서는 교사들을 따라가기 시작했기 때문이다.

영상 촬영이 끝나고 학생들도 모두 자기 집으로 돌아갔다. 뭔가 고귀한 사명을 완수했다는 느낌을 갖고 돌아갔을 거다. 난 지금 니콜이 병원 아래층에서 어슬렁거리고 있음을 알고 있다. 지금쯤 그녀는 내 병실까지 올라오고 싶다는 '갈망, 수줍음'과 바딤이 성 안에 갇힌 자기를 끌어내줄 때 그의 팔에서 편안함을 느꼈다는 사실에 대한 '두려움' 사이에서 걱정하고 있을 것이다. 이봐, 윌코, 넌 대체 뭣 때문에 그렇게 불안해하는 거야? 제라질!

니콜은 넉 달 동안 병원에 올 때마다 늘 앉던 그 자리, 자신의 벤치에 앉아서 생각에 잠긴다. 그리고 재깍재깍 돌아가고 있는 시계 바늘을 들여다본다. 이번에도 병실로 올라가 보지도 않은 채 면회를 끝낼 거라는 걸 그녀는 알고 있다. 그때였다. JL 바르텔레미 선생이 나타난 게……. 그는 니콜이 앉아있는 벤치로 다가가 그녀 옆에 앉았다. 그러곤 혹시 누구를 기다리는 거냐고 물었다. 니콜이 입원 중인 자기 친구에 대해 말했다. 그러자 JL 바르텔레미 박사는 내가 아주 절망적인 상태에 있다고 확인시켜주었다.

"완전히 가루야."

니콜은 그게 무슨 뜻인지 알 수 없다. 모호한 의학 용어인지, 아니면 사랑에 **빠졌음**을 뜻하는 시적인 표현인지……. 그래서 궁금해하며 되물었다.

"가루요?"

JL 바르텔레미 박사는 여전히 의학적 비밀을 감춘 채 대답한다.

"가루 같다고."

그러곤 카페테리아에 아주 맛있는 스무디가 있다면서, 그녀에게 음료수를 권했다.

그녀는 JL 바르텔레미 박사가 조금 전에 말했던 학업의 햇수를 계산하면서 그의 나이를 가늠해봤다.

"13년 동안 공부만 했지."

그가 만일 열여덟 살에 대학자격시험을 통과하고, 의대에서 1학년을 낙제하지 않았다면 아마 서른두 살쯤 되었을 것이다. 열일곱이 조금 안 된 니콜은 그런 남자가 자기를 유혹하는 게 이상하다고 생각했다. 그러면서 가루라는 말이 무슨 뜻이냐고 계속 물었다. 그러자 JL 바르텔레미 박사가 드디어 다음과 같은 말을 입에 올렸다.

"겨우겨우 숨을 쉬는 정도야. 윌코는 살아있으면 안 돼. 내부가 너무 많이 부서졌거든. 가루가 되었단 말이야."

"모래처럼?" 니콜이 물었다. 하지만 JL 바르텔레미 박사는 니콜이 한 말을 이해하지 못하고, 자기 커피에 설탕을 권하는 거라고 생각해서 이렇게 대답했다.

"오, 고마워. 학생, 참 귀여운걸."

그녀는 바나나 냄새가 나는 걸 아쉬워하면서 스무디를 마셨다. 포장지로 봐선 망고와 열대 과일 주스라고 생각했는데……. 그리고 JL 바르텔레미 박사가 자기를 그만 놓아주길 기다렸다. 박사는 니콜에게 명함을 내밀었고, 니콜은 언젠가 자기에게 비뇨기과 문제가 생기면 잊지 않고 찾아오겠다고 약속했다. 그러자 의사는 니콜을 내 방으로 올라오는 승강기 앞까지 데려다주고, 직접 9층 버튼까지 눌러주었다. 자, 드디어 9층에 도착했다. 그런데 복도에서 눈물을 닦고 있는 우리 할머니와 마주쳤다. 할머니의 등을 어루만지며 위로하는 우리 아빠를 알아본 것이다. 그래서 얼른 몸을 돌이켜 복도 반대쪽으로 향했다. 그녀는 내가 가루가 된 건, 불꽃으로 인한 폭발 때문이라고 생각했다. 사랑의 불꽃, 마음 깊은 곳에서 터져버린 화약(쿵! 쾅!). 니콜은 유리문이 있는 곳까지 쭉 복도를 따라 걸었다. 그리고 복도 끝에 있는 비상구 문을 밀었다. 한 간호사가 그녀를 말렸다.

"학생, 화재가 일어난 것도 아닌데 비상구를 쓸 필요는 없어요. 출구는 저쪽에 있어요."

니콜은 뒤로 돌아서 다시 복도를 따라 걸었다. 그리고 층계가 나타나자 재빨리 계단으로 뛰어 내려갔다. 그러면서 소리를 질렀다. 마치 누가 그녀에게 물려있던 재갈을 방금 벗겨주기라도 한 것처럼.

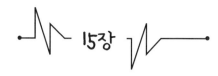

바딤의 집에선 파티 준비가 한창이다. 바딤의 아빠가 전등들을 손보는 동안 그의 엄마는 반바지로 갈아입고 나왔다. 바딤의 엄마는 옷을 갈아입을 때마다 남편으로부터 핀잔을 들어야 했다.

"18세 이상 관람가 영화는 상영 금지라는 거 몰라?"

바딤의 엄마는 손님이 너무 많아서 붐비지 않을까 염려하면서, 방울토마토와 얇게 썬 햄으로 아페리티프를 준비했다. 처음엔 토마토에 곁들일 모짜렐라 치즈 볼을 만들려고 했는데, 그 말을 들은 아들이 질색을 하며 외쳤다.

"동글동글한 걸 두 개씩이나? 그건 괴상망측해. 엄만 나를 또라이로 보이게 하고 싶어요?"

바딤은 며칠 전부터 좀 이상하다. 나를 만나러 오려던 계획이 어긋나서 기분이 좋지 않다. 병원에 가는 날짜를 미루면 미룰수록 결국 가지 못하고 말 거라는 확신이 점점 커져가고 있어서일까(내 생명의 끝이 정해졌다지. 하지만 난 아직 못 들었다). 바딤은 생일 파티가 코앞에 다가오자 니콜을 초대했다. 그리고 진실을 고백했다.

그는 다른 여자애들에게 하듯이 그녀의 한쪽 어깨에 팔을 올린 채, 바닥을 내려다보며 얼굴을 약간 비스듬히 하고 말했다. 제라질!

그리고 자기를 내세우고 싶어서 날 보러 갔었노라고 거짓말을 했다. 그러면서 내가 목을 돌릴 수 없어서 한곳만 쳐다볼 수밖에 없고, 팔다리도 전혀 못 움직일 뿐 아니라, 움직일 수 있는 거라곤 눈꺼풀을 깜빡이는 게 전부이며, 이따금 갑자기 몸을 떨기도 한다고 했다. 그리고 절대로 성인 남자가 될 수 없는, 커다란 몸을 가진 아이를 보는 건 정말 고통스러운 일이라는 말도 잊지 않았다. 바로 그 대목에선 니콜의 어깨를 살짝 더 세게 누르기까지 했다. 니콜은 바딤의 입에서 '남자'라는 단어가 나오는 순간 배에서 찌르르 하는 느낌을 받았다. 비뇨기과 의사의 손이 자신의 뒷목을 살짝 눌렀을 때도 같은 느낌을 받았었다. 그녀는 그 느낌이 좋은 건지, 불쾌한 건지 알 수 없었다. 아무튼 비뇨기과 의사와 바딤이 거의 흡사한 느낌을 주는 사람들인 건 분명했다.

바딤은 내가 없는 동안 나를 대신해서 그녀 옆에 있어주는 게 친구로서의 도리라는 생각이 들었다고 말했다. 고통 받는 친구를 위해 당연히 해야 할 일은 그 친구의 주변 사람을 돌보는 거라는 결론이었다.

"니콜, 내가 네 옆에 있으니까, 너무 걱정하지 마." 바딤이 말했다.

그때 바딤이 우리 아빠와 마주쳤다. 학교 건물을 막 나와서, 밖에서 기다리고 있다가 먼저 걷기 시작한 엄마와 보조를 맞추려고 뛰어가는 중이었다. 아빠와 엄마는 우리 가족 사이에 맺었던 그 신중함의 협정도 아랑곳없이 팔짱을 끼고 함께 걸었다. 뛰듯이 걷고 있는 두 사람을 보면서, 바딤은 지나온 삶으로 인해 과거에 붙잡힌 상황에서, 생명이 걸린 절박성 때문에 갑자기 앞으로 불려나간 듯한 걸음 걸이라고 생각했다. 그러곤 자기가 보고 있다는 걸 들키지 않으려고 얼른 몸을 사렸다. 그러고 보니 뛰듯이 걷고 있는 두 사람 바로 뒤를 까까머리의 누나가 쫓아가고 있었다. 누나가 "아빠! 엄마!" 하고 큰 소리로 불렀다. 서로 모르는 체하기로 했던 우리 가족의 암묵적인 계약을 내팽개친 채……. 그들은 어딘가를 향해 급한 마음으로 뛰어가고 있으면서도, 한편으론 그곳에 이르는 게 두려워 천천히 걷고 있는 것처럼 보였다. 그 모습을 모든 학생들이 보고 있었다. 조금 더 멀리서 할머니가 기다리고 있다가 아빠, 엄마, 누나와 합류하여 그 뒤를 따랐다.

"내 속도 맞추려고 일부러 천천히 갈 필요 없다."

바딤도 조금만 속도를 내면 우리 가족의 걸음을 따라갈 수 있었을 것이다. 그리고 이런 상황에서라면 틀림없이 그도 끼워줬을 것이다. 하지만 니콜을 남겨둔 채 뛰어갔던 그는 천천히 그들 뒤를 따라갔다. 같은 전차를 탔지만, 같은 칸을 타지 않고 뒤 칸으로 들어갔다. 그러곤 두 객차 사이에 있는 창문으로 우리 가족을 지켜보았다. 그래도 거기까진 내 친구였다(만일 그 녀석이 니콜에게 키스를 한다면, 녀석과의 관계를 정리하는 건 나지, 그 자식이 아니다). 우리 가족은 모두 똑바로 서 있었다. 아빠와 엄마는 서로의 손을 스치듯 잡은 채 꼿꼿이 서 있었고, 앙드레아의 팔에 올린 할머니의 손도 전혀 떨리지 않았다. 앙드레아는 전철 안의 버팀대를 양손으로 꽉 잡은 채, 턱을 치켜들고 앞만 바라보고 있었다. 마치 사진사가 멀리 서서 이렇게 말하고 있는 것 같았다.

"자, 모두 움직이지 마세요. 절대 웃으면 안 됩니다."

병원 앞 정류장에 도착했다. 우리 가족이 모두 내렸다. 바딤은 뒤로 약간 물러서있다가, 천천히 가족들 뒤를 따라 걸었다. 병실까지 올라올 생각은 전혀 없었다. 단지 우리 가족이 다시 나올 때, 그들의 눈이 더 붉어졌는지 아니면 얼굴이 더 밝아졌는지를 확인하겠다는 생각뿐이었다. 그래서 그들의 표정이 잘 보이면서, 동시에 숨기도 적당한 장소를 찾았다. 죽은 아이들의 병실엔 왠지 검은 커튼이 내려져있을 거라는 생각을 하면서 9층 창문 쪽을 바라보았다. 그런 창문이 없다는 것에 위로를 받았지만, 어쨌든 몰래 지켜보기로 했다. 한 시간이 지나자 앙드레아와 할머니가 나왔다. 두 사람은 말없이 걸었다. 서로 팔을 잡고 있었지만, 그렇다고 몸을 가눌 수 없어서 서로 의지하는 건 아니었다. 바딤은 전철역 부근에서 누가 그들과 부딪쳐줬으면 했다. 그 핑계로 그들이 마음 놓고 눈물을 쏟을 수 있도록. 그 모습에서 자신이 확인하고 싶은 징후를 볼 수 있도록. 하지만 두 여인을 자극해주는 사람은 아무도 없었다. 바딤은 그들과 함께 전철을 타지 않고, 병원의 동정을 살피기 위해 다시 돌아갔다. 어둠이 내려 앉고 있었다. 우리 아빠와 엄마가 병원 문을 나선 건 아주 늦은 시간이었다. 두 사람은 뻣뻣한 몸으로, 말없이 걷기만 했다. 한동안 서로 떨어져서 걷는 듯했지만, 얼마 후에 엄마가 아빠 등에 손을 얹었고, 아빠는 엄마 어깨에 손을 얹었다. 바딤은 그들이 울지 않으려고 서로를 껴안은 거라고 생각했다. 하지만 정말 뭔가 돌이킬 수 없는 일이 일어났다면, 아빠와 엄마는 내 유해 옆에 있는 게 정상일 터였다. 그는 두 사람이 열차를 타는 걸 보고서 다음 열차를 기다렸다. 다른 이들의 슬픔을 충분히 봤기 때문이다. 그러곤 자신이 이토록 좋은 친구라는 걸 자랑스럽게 여겼다.

그러나 지금의 그는 가슴이 설렌다. 눈부신 태양, 멋진 정원, 파티를 위해서 미리 준비해둔 화려한 조명들, 애들 같은 패스트푸드 나부랭이가 아니라 성인들의 파티에서 볼 수 있을 뷔페 요리들, 입구까지 따로 쓸 수 있는 독립된 자기 방……. 그걸 보자 왠지 어깨가 약간 무거워지는 느낌이다. 그 순간 혹시 내 목 보호대와 가슴 지지대가 날 너무 심하게 압박하고 있는 건 아닌지 궁금해졌다. 나? 전혀. 오히려 그 반대다. 난 이제 머릿속에서 자유로이 여행을 떠날 줄 알게 되었다. 몸뚱아리의 무게를 털어낼 수 있게 되었을 뿐 아니라, 이제 곧 이 몸마저도 마치 파장처럼 주위를 둥둥 떠다니는 걸 느낄 수 있게 되길 바란다(움직이지 않고 기다리는 것도 멋지다. 하지만 이것도 어느 순간엔 싫증이 날 테지). 바딤은 숨이 막힌다. 가슴속에 뭔가가 자리하고 있는데, 그 뭔가의 이름을 찾을 수 없어서다. 그러다 우연히 '죄책감'이라는 단어를 접하게 되면, 그때마다 화가 난다. 어찌됐든 결론적으로 그는 내가 추락한 사고에 대해 눈곱만치의 책임도 없다. 그는 우리의 우정이라는 명단에 자기 이름을 등록한 적이 없다. 그 명단에 이름을 올리려면 누군가가 다른 누군가의 충실한 반려견이 되어야 한다. 그와 나의 우정은 즐거움에 기반을 둔 거였다. 우리 사이엔 기쁨이 있었다. 그런데 그 기쁨은 바딤이 처음 면회 왔던 날 사라져버렸다. 그날 그는 우리의 눈 인사로 부담감을 떨치고, 분명히 더 강해진 기분으로 병실을 나섰었다. 그런데 지금 그 부담감이 다시 돌아온 것이다. 그는 파티가 있는 오늘, 자기에게서 이 부담감을 떨치게 해줄 정도로 고성능을 지닌 도구는 어디에도 없을 거라는 걸 인정해야만 한다. 난 그의 머리에서 결코 지워질 수 없는 존재다(호오, 이건 정말 기쁜 소식이잖아!).

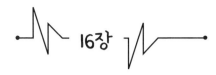
"누가 설명 좀 해줬으면 좋겠어. 4G를 쓰고 있는데도 이렇게 힘들다니! 윌코, 방금 아빠가 네 초콜릿바 하나 먹었어."

아빠는 엄마에게 벌써 몇 번이나 말했는지 모른다. 인터넷으로 의학 정보를 검색하지 말라고. 뜻 모르는 단어가 또 다른 단어를 찾게 만들고, 그러다 보면 점점 더 무시무시한 정보들을 읽게 된다는게 그 이유였다. 그때마다 엄마도 같은 말을 되풀이한다. 당신과 난 윌코의 회복을 위해 싸우는 한 팀이잖아. 그러니 진단과 치료에 대해 정확하게 이해해야 할 책임이 내게 있단 말이야. 엄마가 그토록 알고 싶어 하는 건 내 간질 상태에 관한 정보다. 우리 가족 모두를 뛰듯이 걷게 만든 게 바로 나의 첫 번째 간질 발작이었다. 그날 이후로 난 발작을 여러 번 일으켰다. 말 그대로 난 팔다리를 조금도 움직일수 없는 사지마비 환자다. 목뼈의 척수가 끊어졌다. 그래서 매우 끔찍한 간질발작을 일으켰다. 사지를 움직일 수 없기에 더 위험한 발작이라고 했다. 다리를 조금만 움직일 수 있어도 우리 가족에겐 큰 기쁨이 될 수 있을 텐데. 그들의 뇌에 달콤한 행복 호르몬을 분비케 해줄 수 있을 텐데. 하지만 움직임이라곤 전혀 없다. 거의 눈에 띄지 않는 안면경련이 전부일 뿐이다. 그러다 갑자기 몸통이 뻣뻣해지기 시작한다.

　의료팀은 반복되는 이 발작을 어떻게 해야 진정시킬 수 있을지 알지 못한다. 바르비투르산제와 페로바르비탈제를 투여했지만, 발작은 여전히 계속되었다. 그래서 이제 의료팀이 최선의 치료법이라는 결론만 내리면, 곧 인위적 혼수상태로 들어가게 될 참이다. 의사들은 마취제를 점점 더 자주 사용하고 있다. 내가 양 한 마리, 양 두 마리를 셀 틈도 없이 잠들 수 있도록. 그래서 난 의사들이 투여하는 액체가 똑똑 떨어지는 것을 상상하며 그 수를 세는 걸 즐긴다. 그 아이디어를 준 건 앙드레아다. 발작과의 전투에 종지부를 찍기 위해 의사들은 정맥주사 안에 펜토탈(전신마취제)을 주입했다. 그래서 난 잠을 자야 한다. 엄마는 계속 휴대폰으로 검색한다. 이 간질발작 상태가 종국에는 날 어디로 데려갈지 알아내기 위해서다. 그러면서 나더러 지금은 이 발작을 진정시키기 위한 해결책을 찾는 시간이라고 말했다. 그러나 그게 그 말이다. 그런데도 엄마는 그렇게 보지 않는다. 식물인간 상태에 투병 상태까지 덧붙여야 한다는 건, 엄마에게 너무 가혹한 일이다.

　나를 깊은 코마 상태에 빠뜨리기로 결정한 날이 바로 바딤의 생일 파티가 있는 날이다. 그래서 난 좀 애매한 혼수상태를 요구한다. 꿈과 감각과 환각이 뒤섞인 혼수상태를. 부모님에게 대마초의 유해성을 알려주는 말을 너무 많이 들어왔던 탓에, 그 효과가 어떤 건지 대충 알고 있다. 동공확장, 마음 안정, 행복감, 심장 박동의 변화, 입술

건조, 간혹 가다 나타나는 구토, 붉어진 눈, 냉소, 강박적인 웃음. 대마의 활동 성분인 테트라히드로칸나비놀이 온몸을 돌게 되면, 웃고, 떠들고, 억제하던 게 풀리고, 그러다 차츰 초연해지는 마음이 들면서 모든 게 심드렁해지고, 계획 따위는 개에게나 줘버려 하게 되고, 열정들이 시들고, 사회적 통합이 제한된다고…… 이 모든 게 내 것이 되려는 순간이다. 와우, 내게 일어날 수 있는 것들 중에선 최선의 것이 아닌가! 아, 성기능 장애도 있다. 아빠가 그 이야기를 해줄 때 '섹스'를 '세스'라고 발음해서 누나와 나를 미친 듯이 웃게 했었지. 아무튼 난 이번에 비뇨기과 의사를 통해 내게 '정색정맥류'가 있다는 걸 알게 되었다(쩝! 이건 또 뭐야?). 물론 엄마는 이번에도 휴대폰을 들고 그 문제에 대한 정확한 정보들을 찾고 또 찾았다.

"찾았다! 정삭의 대정맥이 크게 팽창하는 걸 말하는 거래."

팽창? 그거 괜찮네. 깊은 잠에 빠지기 전에 난 팽창, 팽창만 생각할 참이다. 다른 기관이 경련을 일으킬 때의 이점은 도무지 없으니까.

내가 할 수 있는 건 바딤의 파티, 그걸 꿈꿔보겠다고 결심하는 것뿐이다. 나의 내면에서 어떤 세계가 펼쳐질지는 아무도 알 수 없다. 나는 맞은편 벽에 하나의 그림을 정해놓는다. 그러면 그 그림에서 출발하여 그 세계의 문들을 하나하나 열어갈 수 있다. 그런 점에서 빗금 그어진 프뤼당스의 하트는 별로 좋은 출발점이 아니다. 그러나 엄마가 최근에 그린 그림의 잉크 자국은 아주 잘 작동된다. 난 엄마가 붙여 둔 그림에서 빨간 문을 통과한다. 왠지 내가 아주 잘 알고 있는 듯한 구멍이다. 난 그 구멍 속으로 떨어져 바닥까지 내려간다. 그 통로는 처음엔 복도였다가, 잠시 후엔 막힌 도로로 변하고, 이어서 다시 점점 더 목가적인 외부 세계로 변한다. 창문이 있는 건물들이 점점 서로 더 멀어져간다. 초록빛이다. 자연이 점점 넓게 펼쳐진다. 창문들이 서로서로 더 멀리 떨어지고, 복도도 점점 벌어진다. 난 메마른 자연 속으로 나아간다. 어른어른 그림자들이 비치고, 동물들이 날 보러 온다. 그들에게 내가 과연 회복할 수 있을지 물어볼 수도 있겠지만, 질문하지 않는다. 동물들이 날더러 그런 것 말고 다른 걸 질문하라고 했기 때문이다. 그래서 난 할아버지를 다시 볼 수 있을지 물어본다. 그 질문이 끝나기도 전에 벤치 위에 앉아있는 할아버지의 모습이 보인다. 두 손을 넓적다리 위에 얹고 고개를 숙인 모습이다. 내가 할아버지 옆에 앉는다. 그러자 할아버지가 묻는다.

"아니, 얘야, 네가 웬일이냐?"

미처 대답할 시간이 없다. 푸른 점이 날 향해 오고 있기 때문이다. 그 점 속엔 나체로 다니지 않아도 되는 몽탈리베가 들어있다. 몽탈리베가 남자도 여자도 아닌 목소리로 내게 말을 걸어온다. 그래서 난 정색정맥류의 목소리가 이럴까 생각하면서 장난스럽게 웃어본다. 다시 할아버지가 나타난다. 그러곤 나더러 함께 저녁 파티에 가자고 한다. 난 6년 동안이나 할아버지를 다시 볼 수 있길 바라왔지만, 내가 할아버지와 함께 바딤의 생일 파티에 가는 건 불가능한 일이다. 그래서 난 건강 상태가 안 좋아서 파티에 갈 수 없다고 고백한다. 하지만 난 여기 이 자리, 할아버지 앞에 있다. 그것도 아주 똑바로 서서. 그래서 난 춤을 춘다. 할아버지가 묻는다. 네 건강이 어디가 어때서?

이번엔 노란 얼룩이 날 데리고 간다. 할아버지는 그 자리에 그대로 앉아 있다. 난 아빠의 노란 셔츠를 입고 있다. 바딤이 나더러 아빠의 금요일 셔츠라는 걸 모두 알아볼 거라고 말한다. 내가 셔츠를 벗어야 하나 망설이자, 그가 2014년도 폴로를 빌려준다. 모두가 춤을 춘다. 그렇게 빨리 춤을 출 수 있을 거라곤 한 번도 생각해보지 못했다. 난 생각한다. 음악이 나오기 전에 니콜에게 말을 걸 시간이 좀 있으면 좋겠는데……. 그런데 난 내 목소리가 두렵다. 괴물 목소리 같아서다. 그러니 난 그놈의 괴물 목소리를 제압해야 한다.

"어이, 2014! 가서 꼬치구이 좀 가져와라!" 바딤의 아빠가 날 향해 소리친다.

난 주위를 이리저리 둘러본다. 니콜은 아직 오지 않았다. 바딤에게 그걸 물어볼 시간이 없다. 그래도 물어보지 않을 수 없다.

"바딤, 니콜이 오늘 올지 안 올지, 넌 아니?"

다른 얼룩들보다 훨씬 커다란 하얀 얼룩이 구름처럼 나를 덮는다. 그 얼룩에서 요구르트 냄새가 난다. 아니, 풀 냄새인가? 아니면 엄마에게서 나는 오렌지꽃 오일 향기 같기도 하다. 엄마는 인터넷 검색으로, 오렌지꽃 기름이 심혈관, 면역, 피부를 건강하게 한다는 것과 신경의 균형을 잡아준다는 걸 알아냈다. 그래서 엄마가 내게 말한다. 윌코, 날 들이마셔, 엄마를 들이마셔. 난 엄마 말대로 엄마를 들이마신다. 한껏. 허파 가득. 그러자 내 안의 내가 튼튼해지기 시작한다. 난 엄마를 들이마시면서, 점점 더 깊은 꿈속을 향해 엄마와 함께 다시 떠난다.

17장

니콜은 두렵다. 아빠뻘일 수도 있는 의사가 설마 자기에게 강제로 무슨 일을 시키랴 생각하지만 그래도 조금 두려운 건 어쩔 수 없다. 더욱이 그녀를 불안하게 만드는 건, 엄마 몰래 엄마 속옷을 입고 왔다는 거다. 그래서 그녀는 자신이 왜 그랬는지, 그 의도가 의심스럽기만 하다(강제 코마 상태로 들어간 후로, 나 역시 그녀가 의심스럽다). 솔직히 말하면 니콜은 나와 의사 사이에서 갈등하고 있는 중이다. 마취된 채 병원 침대에 누워있는 나를 향한 영원하고도 낭만적인 사랑과 JL 바르텔레미 박사의 유혹에 빠져들고 싶은 생각 사이의 갈등이다(나 역시 뉴저지에서 온 알리슨과 뭔가 스토리를 엮어보고 싶은 유혹을 가끔 느낀다. 아, 이래서 청춘은 얼른 지나가야 돼!).

니콜은 원래 바딤의 파티에 가고 싶은 생각이 없었다. 그래서 거기 가는 대신 한잔 하러 가자는 의사의 제안을 받아들였다. 지난번에 병원 정원에서 JL 바르텔레미 박사와 마주쳤을 때, 실은 그 남자는 스무디를 사주고 싶었던 게 아니라, 영화관 카페에 데리고 갈 생각이었다. 그래서 그녀는 영화를 보게 되겠구나 생각했다. JL 바르텔레미 박사의 호출기가 울리지 않았다면 그랬을 것이다. 아니, 그런데 의사들은 정말 무선호출기를 갖고 있을까?

니콜은 친구 생일 파티에 가는 거라고 믿고 있던 엄마에게 거짓말을 했다. 그리고 병원으로 가는 전차를 탔다. 병원 근처에서 내려 두리번거리며 영화관을 찾았는데, 영화관은 찻집 바로 옆에 있었다. 그녀는 억지로 참아야 했던 그 훈제 향내가 나는 차의 이름이 뭐였는지 기억을 더듬어본다. 왜냐하면 차를 싫어하긴 하지만, 소시지를 짜서 만든 듯한 그 이상한 차라도 마시지 않으면 그 찻집에서 뭘 마셔야 할지 모르기 때문이다. 그 이국적인 차 이름이 생각 날 듯 말 듯 입에서 뱅뱅 돌기만 할 뿐 떠오르지 않았다. 브래지어의 컵 둘레를 싼 와이어가 팔 밑에서 느껴졌다. 니콜은 엄마에게 거짓말을 한 게 후회되었다. 거짓말을 했던 건, 혹시라도 엄마가 알면 못 가게 막을지도 모른다고 생각했기 때문이다. 의사 이야기를 하려면 어쨌든 거짓말을 하지 않을 수 없었다. 의사의 나이 때문이든, 약속 장소 때문이든. 아무튼 니콜은 병원에 간다는 말을 하지 않았다. 그녀는 어떤 나이가 되면 변명하는 게 싫어지게 되고, 그래서 최소한의 거짓말은 피할 수 없다는 걸 깨닫는다. 중요한 건 어디까지 거짓말을 해야 하느냐는 것이다. 그녀는 아직도 고민한다.

JL 바르텔레미 박사는 약간 늦었다. 거기다 그녀에게 뺨 인사도 하지 않은 채 털썩 자리에 앉는다. 그는 찻집 안에 또 다른 붉은 머리의 여자가 있어서, 하마터면 엉뚱한 곳에 가서 앉을 뻔했었다. 그는 니콜 앞에 앉으며 생각했다. 아무래도 애는 너무 어려. 그래서 뺨에 입을 맞추는 대신 어깨를 툭 쳤던 거다. 의사는 녹차를 주문한다. 니콜은 여전히 메뉴를 들여다보면서 소시지 냄새나는 차의 이름을 열심히 찾는다. 아, 드디어 찾았다.

"랍상 소우총[1]."

"난 직접 영화를 만들고 싶어." JL 바르텔레미 박사가 말했다.

니콜은 뭐라고 대답해야 할지 모른다. 그녀의 엄마는 뭐든 남에게 요구하지 말라고 가르쳐 왔는데, 이런 경우에 '저도 그래요'라고 대답하는 것도 마찬가지다. 그래서 니콜은 어깨를 한 번 으쓱하는 걸로 대답을 대신했다. 그 순간 보랏빛 브래지어 끈이 살짝 드러났다. JL 바르텔레미 박사는 그 보랏빛이 붉은 머리와 어울리지 않는다고 생각하면서, 6시 영화를 보자고 말했다. 니콜은 어차피 자정을 넘겨 1시 15분까지 들어가도 된다는 허락을 받고 왔기에 상관없다고 생각한다. 그녀의 엄마는 딸이 바딤의 생일 파티에 있을 거라고 믿고 있다. 딸을 따라다니며 유혹하는 남자애들을 생각하면 불안해지기도 하지만, 되도록 그런 생각을 안 하려고 노력 중이다. 손에서 손으로 전해지는 대마초라든지, 어느 누구와도 스스럼없이 어울리게 만들고, 심지어 겁 없이 어떤 일도 저지를 수 있도록 부추기는 술에 대한 생각도 애써 피하려고 한다. 그래서 떠오르는 잡념을 없애려고 집 안에 있는 가구들의 위치를 바꿔보기로 했다. 물론 딸의 방에 있는 가구

---

1) 랍상 소우총: 중국 푸젠성에서 나는 홍차. 찻잎은 솔잎을 태워서 그을려 만들어 소나무 향이 나고, 맛은 부드럽다.

들은 손대지 않을 것이다. 자기 뜻대로 스스로 정리 정돈하도록 내버려 두는 게 아이들의 정신 건강에 좋다는 글을 어디선가 읽은 적이 있어서다. 니콜의 엄마는 자기가 1시 15분이 될 때까지 자지 않고 딸을 기다릴 거라는 걸 너무 잘 안다. 하지만 1시가 되면 불을 끌 생각이다. 엄마가 딸을 믿지 못해서 감시하고 있었던 거라고 생각하면 안 되니까. 그래서 니콜의 엄마는 딸이 들어올 때까지 어둠 속에서 두근거리는 가슴으로 재깍재깍 돌아가는 시계의 초침을 바라볼 것이다. 그러면서 하나님께 기도할 것이다. 딸이 약속된 시간까지 돌아오게 해달라고. 하지만 아직은 7시도 안 된 시간이니 우선은 걱정하지 않기로 한다.

"별 문제 없을 거야."

니콜은 콘돔을 사지 않았다. 약국에 들어가서 콘돔을 달라고 말할 자신도 없고, 슈퍼마켓에서 그것을 내밀며 계산할 자신도 없다. 아빠뻘일 수도 있는 건강한 남자인 데다, 더구나 의사이기까지 하니, 그는 번식 방지를 위해 콘돔을 강요할 게 분명하다. 그런 생각을 하고 나서 니콜은 자기가 왜 더 밝고 긍정적인 단어가 아닌, 하필 '번식 방지'라는 단어를 떠올렸는지 궁금하다. 그리고 생각한다. 이건 전혀 즐겁지 않아. 니콜은 평소에 자기가 첫 데이트에서 꿈꿨던 신비감도 흥분도 느끼지 못한 채, 이야깃거리가 없어서 입만 다물고 있어야 하는 이 시간이 괴롭기만 하다. 영화에서 봤던 첫 데이트는 언제나 눈부시게 빛났는데! JL 바르텔레미 박사는 소아과 의사나 아니면 정신과 의사여야 했다. 그랬다면 물어볼 것도 많았을 텐데. 솔직히 비뇨기과 의사에겐 뭘 물어봐야 할지 도무지 감이 잡히질 않는다. 게다가 이 남자가 3년 전쯤 그녀를 그렇게나 웃게 했던 '거시기'를 전문 분야로 선택했다는 걸 생각하는 것마저 거북하기까지 짝이 없다. 니콜은 괜히 잘 알지도 못하는 비뇨기학에 접근해서 어리숙한 소녀로 보이는 것도 싫고, 얼굴이 붉어지거나 한술 더 떠서 웃음을 터뜨리고 싶지도 않다. 그래서 자기는 법학에 매력을 느끼고 있으며, 앞으론 법과 관련된 일을 열정적으로 해보고 싶고, 특히 판사가 되고 싶다고 말한다. 그러면서 애들 같은 또래 소녀들처럼 어쩌고저쩌고 다른 말을 덧붙이지 않은 것에 자부심을 느낀다.

"애들?" JL 바르텔레미 박사가 묻는다.

그 말에 니콜은 그 남자가 자기 또래 소녀들에게 익숙한 사람인가 보다고 생각한다. 그래도 소시지 냄새가 나는 차만 다 마시고 일어나야지, 하는 생각은 안 한다(아무래도 그녀에 대해 다시 생각해봐야 할 때인 것 같다).

니콜은 문득 궁금해진다. 비뇨기과 의사들은 자기가 좋아서 그 분야를 택한 건지, 아니면 다른 이유가 있는 건지……. 또 한편으로는 친구들에게 뭐라고 해야 할지도 생각해본다. 사랑하는 소년을 보기 위해 병원에 가는 대신, 어쩌다 알게 된 비뇨기과 의사랑 만나 서로 마음을 달랬다는 걸 어떻게 설명하지? JL 바르텔레미 박사가 영화 입장권을 사려고 지갑을 꺼낸다. 니콜은 왠지 어색해져서 자기도 가방을 여는 시늉을 한다. 그러자 의사는 자기가 낼 테니 놔두라고 말한다. 니콜은 '고맙습니다, 선생님'이라는 말이 입에서 나오질 않는다. 하지만 다시 정신을 차린다. 그녀의 엄마는 딸에게 언제 어디서든 항상 예의를 지켜야 한다고 가르쳤기 때문이다.

"의사 선생님, 고맙습니다."

JL 바르텔레미 박사가 그녀를 돌아보며 미소 짓는다. 그는 선생님이라고 하지 말고 이름으로 불러도 된다고 할 수도 있었을 터다. 장루이, 장 루, 장 뤽, 자크 로랑…… 등등. 하지만 의사는 소녀에게 의사 선생님으로 불리는 것도 재미있다고 생각한다. 그 남자는 액션 영화를 골랐다. 아가씨들은 어떤 영화를 좋아하는지 굳이 생각해보지도 않았다. 젊은 여자라면 모두 자기 옆에 앉는 것만으로도 즐거워할 거라는 걸 알고 있어서다. 그는 때때로 영화가 끝난 후에 여자들에게 질문하길 좋아한다. 당황한 그녀들이 자기가 알고 있는 지식을 몽땅 동원해서 대답하려고 애쓰는 모습이 재미있기 때문이다. 그는 소녀들이 자기의 인생을 살균시켜준다고 생각하면서, 자길 찾는 사람이 없는지 확인하려고 휴대폰을 들여다본다. 니콜은 의사에게 기분 나쁜 점이 있다는 걸 발견한다. 기침 소리 같은 웃음. 그래서 이따금 놀라서 그를 바라보곤 한다. 방금 난 소리가 웃음소리였는지, 숨이 막혀서 컥컥댄 건지 알 수 없어서. 그는 광고판을 보며 웃고 있었다. 니콜이 속으로 생각한다. 멍청한 사람들을 소비하는 사회야(오, 예! 그녀도 나와 같은 생각이군). 그녀는 의사가 언제쯤 자기에게 키스할 건지 궁금하다. 로맨틱한 장면을 노리고 있을까? 하지만 그가 선택한 영화는 공상 과학 블록버스터다. 영화관 안의 어둠 속에서 그녀는 두려움을 느낀다. 공원 벤치였다면 그냥 자리를 툭 털고 일어나면 그만이었을 텐데. JL 바르텔레미 박사의 손은 자기 의자의 팔걸이를 잡고 있다. 그 손은 거기 견고하게 놓여있다. 마치 젊은 소녀가 그 손의 존재에 익숙해져야 한다는 듯이. 그 손은 아직 그녀의 허벅지에 닿지 않았다. 하지만 니콜은 어떤 과정이 이미 시작된 걸 느낀다. 그래서 그가 만지기 쉽게 그가 있는 쪽으로 두 다리를 약간 옮겨놓는다. 사실 별로 그러고 싶진 않다. 다만 나만 바라보며 자제해 왔던 5년을 보상받고 싶은 것 같다. 그래서 아무 기쁨도 없이 아무에게나 자신을 던지고 싶은 것 같다(제라질).

니콜은 생각한다. JL 바르텔레미 박사가 고른 영화는 정말 거지 같다고. 그녀는 예술 영화들에 대해선 상당한 지식을 갖고 있다. 특히 아시아 영화를 좋아한다. 하지만 그런 이야기는 아무에게도 하지 않았다. 거드름 피우며 겉멋 든 사람으로 보이고 싶지 않아서다. 그녀는 블록버스터 영화들에선 아무런 의미도, 감동도, 깊이도, 진실도, 신선한 충격도 찾지 못한다. 그녀는 JL 바르텔레미 박사가 마차를 타고 구르고, 악하게 숲을 파괴하는 슈퍼영웅의 모험을 즐기는 걸 보고 깜짝 놀란다. 게다가 상영시간이 2시간도 넘는 영화였다. 니콜은 집으로 돌아가는 데 걸리는 시간을 계산해본다. JL 바르텔레미 박사로부터 집에 데려다주겠다는 말을 듣지 못했기 때문이다. 그녀는 바딤의 파티가 끝나면 친구들과 함께 돌아가겠다고 엄마와 약속했었다.

니콜의 엄마는 니콜이 상냥하고 사랑이 깊은 남자와 결혼할 수 있길 바란다. 딸을 단번에 흡수해버리는 게 아니라 조금씩 음미하며 사랑하는 남자, 니콜을 위해서라면 지프차나 장갑차가 없어도 맨발로라도 용감하게 뛰어나갈 수 있는 남자, 화려하지 않은 소박한 모습을 가진 남자, 그녀를 단 한마디로 평가해버리지 않고, 그녀에 대해 서서히 배워갈 수 있는 남자, 그러면서도 그녀에게 무조건 굴복하지 않는 남자. 딸의 약혼자는 필요할 때 입을 다물 줄 알아야 하고, 특히 수다스럽지 않아야 하며, 생각이 깊어야 하고, 일반적인 견해를 벗어나지 않으면서도 개성적인 의견을 가질 수 있어야 하고, 넉넉하면서도 해박하고 독창적인 생각을 할 줄 알아야 한다. 하지만 니콜은 자기가 사랑하는 남자의 독창성은 예술적인 면에서 나타나길 바란다. 그래서 그는 아티스트로서의 면모를 듬뿍 지녀야 한다. 그녀는 그 남자의 말에 늘 귀 기울일 것이고, 그의 손짓 하나하나를 마음에 담아둘 것이며, 아주 작은 눈썹의 움직임조차 이해할 것이고, 시간이 흐를수록 더욱더 그를 택하게 될 것이다. 그런 남자와 함께라면, 두 사람은 세상에서 가장 크고 깊은 사랑을 경험할 수 있을 것이다. (여기서 그녀는 나를 염두에 두고 있다!)

"과연 헌 짚신도 짝이 있는 법이야."

JL 바르텔레미 박사가 영화관을 나오면서 한 말이다.

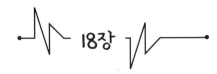

18장

아빠의 목소리가 머리맡에서 빛을 비춘다. 난 천천히 혼수상태에서 벗어난다.

"상상이라는 수단은 세상에 대한 자기 생각을 발전시키는 데 아주 효과적이다."

타이타닉에서 로즈는 붉은 머리다. 물속에서 떠다니는 그녀의 머리카락은 짙은 해초처럼 보였다. 엄마의 목소리도 들려온다. 엄마는 내 몸의 일부에게 말하는데, 그 일부는 한마디밖에 이해하지 못한다. 아마도 '나를 들이마셔' 하는 말인 것 같다. 난 엄마의 목소리를, 엄마에게서 나온 그 일부를 꼭 그러쥔다. 아빠는 들어왔다 나갔다 한다. 누나는 빙빙 돌아다닌다. 바람이다. 할머니는 여기 없다. 할머니의 부재가 구멍을 만든다. 내가 내 안의 심연 속으로 떨어지고 있음을 느낀다. 난 걸음을 떼는 데 실패한다. 어린아이였을 때는 잠 속으로 떨어지고 있다는 느낌이 좋았다. 그래서 그 추락의 시간이 너무 짧다고 생각했었다. 걸을 수 없다고 느낄 때의 그 느낌은 아주 강력하면서도, 허무하다. 난 혼수상태 속에서 움직인다. 그 움직임을 내 썩은 고기, 몸뚱어리가 방해하도록 내버려 두지 않겠다. 의사라는 자들이 그 몸뚱아리에 대해 말했다. 여러 번이나. 우리 가족에게 뭔가를 설명하기 위해서다. 근막에 대해 말했던 것 같다. 근육을 덮고 있는 피부 같은 것. 한 여자 안마사가 육체를 편안하게 해주는 기술을 사용해서 몸의 고통을 덜어주면 어떻겠느냐고 제안한다. 왜냐하면, 그들은 내가 통증을 전혀 못 느낀다는 걸 모르기 때문이다. 그래서 아무리 큰 고통일지라도 다행히 느낄 수만 있다면 내가 얼마나 행복해할지 눈곱만치도 모르기 때문이다. 통증은 내 육체를 돌아올 수 있게 하는 것인데! 가끔 뭔가 뺨에 던져지는 느낌을 받을 때가 있다. 그러면 몹시 흥분한다. 엄마에게 그걸 말하고 싶어서다. 엄마의 눈 속에서 엄마가 꿈꿔온 행복을 읽을 수 있을 테니까. 아마도 엄마는 아빠를 불러야 할지, 의사를 불러야 할지, 아니면 행복으로 충만한 그 시간을 1분이라도 혼자서 좀 더 느껴야 할지 망설일 것이다.

"애들아, 너희는 말이야, 필이 온다고 생각할 때마다 무조건 카메라로 찍어대는 건 제발 하지 마라. 그냥 눈으로 충분히 누리고, 머릿속에 간직하는 거야. 그거면 돼."

니콜과 첫 키스를 하게 되면, 난 부모님의 권고를 따를 거다. 전적으로 그럴 생각이다. 어쨌든 난 지금 큰 소리로 공상 소설에 관한 비평을 읽고 있는 아빠 옆에서 코마로부터 깨어났다. 아빠는 내가 눈을 뜬 걸 보고 미소를 지으면서, 읽고 있던 글을 끝냈다. "공상 소설, 그것은 우리의 가상의 삶이 아니다. 그보다는 우리의 계속되는 꿈이라 할 수 있다."

난 아빠에게 할아버지를 만났다는 이야기를 하고 싶었다. 하지만 아빠는 내 말을 믿지 않을 거다. 내가 말하고 싶었던 건 내가 꿈속에 빠져 있었다는 게 아니다. 아빠는 내가 궁금해한다고 생각했는지, 오늘이 5월 25일이라고 말해준다. 그렇다면 바딤의 파티가 일주일 전에 끝났다는 소리다. 그렇게나 오래 잠을 잤던 거다. 엄마가 보이지 않는다.

"엄마는 샤워하고 오실 거야."

아빠가 엄마에게 전화해서 내가 깨어났다는 걸 알린다. 그러곤 자기들만의 이상한 언어로 또 다른 이야기를 한다. 둘만 아는 말과 억양으로. 엄마만 알아들을 수 있는 말. 두 사람은 단어를 내뱉지 않고도 통하는 언어를 공유한다. JL 바르텔레미 박사가 노크도 없이 들어온다. 그리고 흠흠 헛기침으로 목을 가다듬는다. 아빠는 나의 비뇨기에 대해 이런저런 말을 하는 걸 듣고 싶지 않다.

"아내가 잠시 후에 올 겁니다. 그때 다시 오시겠습니까?"

의사가 다시 나간다. 난 병원의 시스템에 대해 잘 모른다. 어쨌거나 내가 있는 층에서는 우리 부모님의 의지가 잘 반영이 되는 것 같다. 다시 천천히 잠이 들고 있음을 느낀다. 다시 꿈속으로 들어가야 한다. 17일 아침에 파티에서 일어날 수 있었던 일을 아직 누리지 못했기 때문이다. 꿈에 난 바딤의 파티에 있었고, 거기서 여기저기 아주 많이 돌아다녔다. 그러느라 거의 술을 마시지 않아서, 아마 아빠가 알았다면 몹시 흡족해했을 것이다. 난 아직 오지 않은 니콜을 기다리며 길목을 지켰다. 아마도 내가 없다는 생각에 파티에 오지 않고 그냥 집에 남아있기로 했을 것이다. 파티에서 함께 시간을 보낼 다른 누군가가 없는 이상⋯⋯. 그런데 난 또 깨어나고 말았다. 이제 파티 생각은 하지 말아야지. 다시 꿈속으로 돌아가고 싶다. 혼수상태에 빠져있는 동안, 난 집에 갔었다. 엄마는 아빠의 벗은 상반신에 뺨을 대고서 잠들어 보려고 애쓰는 중이었다. 앙드레아가 그 장면을 봤더라면, 아빠더러 털북숭이, 라고 외쳤을 것이다. 난 아빠와 엄마의 방에 있었다. 수학공식과 기하학, 대수학, 지정학, 일반 문화의 창고. 그때 생각했다.

"이 사람들은 대체 뭐 하는 사람들이야?"

아빠에게 말하고 싶다. 그때 그 금지된 방문을 넘어 아빠와 엄마에게서 봤던 그 아름다움에 대해. 아빠와 엄마는 종종 단 둘이 조용히 있기 위해 방으로 들어가서 문을 딸깍 하고 닫곤 했다. 물론 핑계는 있었다. 학생들 과제를 채점해야 한다는 둥, 피곤해서 낮잠을 좀 자야겠다는 둥⋯⋯. 그래서 누나와 나는 그 문이 우리에게 금지된 문이라도 되느냐, 우리 앞에서 그렇게 딸깍 소리까지 내며 닫을 필요가 뭐 있느냐 하면서 비난했고, 그러면 아빠와 엄마는 "금지된 문이라니, 과장하지 마라." 하고 말하곤 했다. 꿈속에서 본 부모님 방 안에서 난 우리 가정의 허파, 평화의 신경세포, 작은 교회의 기도실을 보았다. 누나와 내가 너무 유식한 학자들이라며 비웃고 놀려대던 두 사람의 삶의 모든 것이 그 닫힌 방문 뒤에 있었다. 16일과 17일 사이의 그 밤에, 한 사람은 조용히 책을 읽고, 또 한 사람은 다른 사람의 검은 수풀 속에 얼굴을 파묻은 채 잠을 청하면서도, 두 사람은 마음으로 계속 나를 빚어가고 있었다. 그때 난 사랑이란 팽팽하게 긴장된 근육을 가진 그레이하운드만은 아니라는 걸 깨달았다. 그렇다고 점 A에서 점 B까지 헉헉대며 굴러가야하는 고물차도 아니라는 걸 알았고, 아빠는 결코 엄마더러 다음 커브 길에서 내리자고 하지도 않을 것임을 알았다. 극단적인 경우엔, 누군가가 그 사랑의 여정에 올라왔더라도, 불가피하게 그 여정을 중단할 수도 있을 것이다. 난 나의 죽음 이후에도 아빠 엄마의 자동차 뒷좌석에 여전히 남아있을 것임을 안다. 앙드레아의 오른쪽에. 그건 누나가 아름다운 프랑스의 하늘과 산과 흙을 보는 대신 휴대폰 자판을 두드리고 있다는 걸 아빠에게 보이지 않으려고 늘 아빠 뒷자리를 고집하기 때문이다. 아빠는 가족끼리 차로 여행을 할 때면 항상 우리더러 이야기한다. 고국의 바위와 구불구불한 산허리의 경치와 석회질의 흙과 충적토와 모래 섞인 흙과 이탄질의 토양 같은 걸 좀 보라고. 덕분에 누나와 난 그런 것들을 200번도 더 봤다. 아빠가 그런 말을 할 때마다 엄마의 손이 아빠의 다리를 살며시 쓰다듬는 것도 보았다. 그리고 아빠가 톨게이트에서 신용 카드를 꺼낼 때마다 단 한 번의 예외도 없이 엄마에게 미소를 짓는 것도 보았다. 그날 그 방에서, 난 내가 지금까지 아무와도 진정 키스다운 키스를 하지 못했다는 걸 알았다. 니콜을 꿈꿀 수 있는 권리를 내게 준 건, 두 분의 사랑이었다. 보이지 않지만 영원한, 그리고 시간만큼이나 끝이 없는 두 분의 사랑. 난 천천히 그 방문을 다시 닫았다. 그리고 내 방을 향해 걸어갔다.

누나 방을 지날 때 잠든 누나의 모습이 눈에 들어왔다. 침대 머리맡 벽까지 베개를 바짝 붙여놓고 그 베개 밑에 빡빡머리를 파묻고 있었다. 스탠드는 아직 켜져있고, 이불의 한쪽 끝을 꽉 잡고 있는 손이 보였다. 머리맡 작은 탁자 위에 우리 남매의 사진 한 장이 놓여 있었다. 작년 여름에 찍은 거였다. 우린 하얀 모자를 쓰고 있었고, 누나는 가슴에 팔짱을 끼고 있었다. 난 내버려 두고 갔던 내 방으로 돌아갔다. 달라진 거라곤 창문이 닫혀있다는 것뿐이다. 책상을 약간 뒤로 물린 것 같긴 하지만, 이전의 위치와 많이 다르지 않다. 침대 이불도 바뀌지 않았다. 다만 내가 쓰던 더러운 침대 시트가 곱게 개켜져 책상 의자 위에 놓여있다. 아, 굳이 이 방으로 돌아와 볼 필요가 없었는데…… 굳이 와서 엄마가 내 빨래를 하지 않은 채 그대로 놔뒀다는 걸 확인할 필요가 없었는데……. 엄마는 병원에서 돌아오면 항상 내 방에 들어와 그 물건에 코를 대고 내 체취를 맡으려 했을 것이다. 책상을 옮기라는 엄마 말을 듣지 않는다고 내게 소리쳤던 걸 떠올리고, 그때 미안해하던 내 눈길을 기억하면서, 컴퍼스 자국이 있는 내 책상을 쓰다듬으며 몸을 떨었을 것이다. 그러곤 언젠가 내가 어렸을 때, 나더러 방을 정리하지 않고 이렇게 어질러 놓기만 하면 장난감을 모두 밖으로 내던져버리겠다고 위협했던 때를 또 떠올렸을 것이다. 그때 엄마의 얼굴이 어찌나 진지해보였던지, 난 엄마가 정말 내 장난감들을 던져버릴지도 모른다는 생각에 두려워서 울고 말았다. 그러자 엄마는 곧 표정을 풀고 나를 달랬다. 엄마가 장난을 친 거라면서, 그런 장난도 이해하지 못하냐면서, 그냥 엄마가 화가 났다는 걸 알려주려고 일부러 더 심하게 말했던 거라면서……

"여기서 프록시마 켄타우리가 보이지 않아서 유감이구나. 그 별이 네가 아기였던 때를 네게 보여줄 수 있는 유일한 별인데 말이야. 거기 까지 가려면……"

아빠는 SF에 빠져있다. 그래서 아빠가 가리키는 별들의 주위를 회전하는 외계 행성들 위에 아주아주 엄청나게 커다란 거울들을 세워놓는 상상을 한다. 그러곤 슈퍼 우주 망원경으로 보면, 그 거울들에 비친 과거의 지구를 관찰할 수 있을 거라고 생각한다. 그리스도가 살던 시대 혹은 그보다 더 이전 시대의 지구를. 아빠의 추리는 계속된다. "2천 광년 떨어진 곳에 있는 행성에다 거울을 세워놓으면, 지금 네가 보고 있는 그 별빛이 베들레헴을 거닐고 있는 그리스도의 모습을 비춰줄 거야……"

가만, 그렇다면 아빠는 프레도 아저씨를 부를 생각은 이제 접은 걸까? 벽을 깎아서 경사진 유리창을 설치하려고 했던 꿈은 이제 과거를 비춰주는 거울 이야기로 바뀐 걸까?

엄마가 들어왔다. 그리고 그 뒤를 따라 JL 바르텔레미 박사가 들어왔다.

"잠깐 얘기 좀 할 수 있을까요?" 그가 묻는다.

아빠는 창가 자리에서 몸을 일으켰고, 누나도 몸을 웅크리고 있던 둥지에서 나왔다. 엄마는 내 옆에 바짝 다가와 섰다. 의사가 엄마를 복도 쪽으로 데리고 가면서 앙드레아에게 미안하다는 뜻의 손짓을 한다. 창문이 반사하는 빛 속에서 그걸 놓칠 리 없는 아빠가 내뱉는다.

"의사 선생님, 우리 아들에 관한 거라면 어떤 사소한 것도 걔 누나에게 비밀로 할 필요 없습니다. 앞으로의 수술 일정에 관한 거라면 가족 모두가 있는 데서 말씀하셔도 됩니다."

엄마가 풉 하고 웃는다. 누나도 따라서 웃는다. '좋아, 언젠가 꼭 복수를 하고 말겠어, 누나가 내 정색정맥류의 문제를 속속들이 알게 된단 말이지!' 하지만 난 사실 감각이 없어서 지금 내 음낭이 묵직한지 어떤지 전혀 느끼지 못한다. 그러나 내 거시기가 점점 커지고 있다고 한다(호오, 기쁜 소식이잖아!). 혹시 정액이 너무 손상되었다면 색전 제거수술을 할 예정인데, 현재로선 수술할 생각이 없고 그저 어떻게 된 건지 좀 지켜보기만 할 거라고 했다. 난 누나가 배꼽을 잡고 웃지 않아서 깜짝 놀랐다. 누나는 오히려 진지하고 침착한 어조로 물었다.

151

"그래도 아이는 가질 수 있을까요, 선생님?"

난 니콜이 아이를 원하는지 어쩐지 모른다. 나? 난 우리가 먼저 공부를 하고 그 다음에 적당한 때가 되었을 때 1년 동안 안식년을 갖고 쉬면서 아이를 갖는 상상을 해본다(농담이다). 얼마 전에 할머니가 내게 약속하셨다. 날 위해 할머니 차를 장애인 차로 개조해주겠다고. 만일 운전만 할 수 있다면, 난 차를 몰고 장거리 여행을 하며 전 세계를 누빌 계획을 끝내주게 세워볼 자신이 있다. 아빠나 엄마는 앞으로 내가 앉을 수 있게 될지 어떨지 그것에 대한 최근 뉴스를 전해주지 않고 있다. 그런데 앙드레아가 JL 바르텔레미 박사에게 질문을 한 거다. 박사는 몹시 당황하고 놀란 표정으로 누나를 바라보더니, 따뜻하면서도 차가운 어조로 대답했다.

"꼭 못 가질 이유도 없죠."

마약 다음엔 뭐가 있을까? 상태가 점점 악화하고 있다. '치료 불가능, 가속화, 시간이 얼마 없다.' 등등의 말이 들려온다. 하지만 난 아직 해야 할 게 있다. '오, 하나님! 그러니 그 일을 완수하도록 내게 시간을 좀 더 주세요. 무슨 말인지 아시죠?'

난 다시 내 꿈속으로 떠난다. 마침 니콜이 날 보러오려고 막 결심한 참이다. 하지만 그녀는 그 일을 실행에 옮길 수 없다. 그래서 생각을 바꿔서, 먼저 내게 그 이야기부터 하기로 맘먹는다. 그녀는 병원으로 전화해서, 내 병실로 전화 좀 돌려달라고 부탁한다. 내 병실의 전화벨이 울린다. 하지만 밤 11시가 넘은 시간이다. 게다가 난 혼자다. 공허하게 울려 퍼지는 벨 소리. 물론 난 전화를 받을 수 없다. 난 그게 비상벨 소리가 아니라 전화벨 소리라는 걸 안다. 대신 전화를 받아줄 사람이 아무도 없는 이 시간에 전화를 걸 만큼 내 상태를 모르는 자가 누군지 궁금하다. 내 꿈에선 꽤 오랜 시간이 흐른다. 니콜이 밤마다 11시 4분에 내게 전화를 한 게 벌써 닷새째니 말이다. 매번 11시 4분이었다는 건 벽시계가 증명해준 거다. 물론 설문조사 기관이나 방탄 유리창 영업 사원들(오, 너절한 것들을 소비하는 사회여!)

일 수도 있다는 생각도 안 해본 건 아니다. 하지만 외판원이 전화하기에는 너무 늦은 시간이다. 그러니 니콜이 전화한 게 분명하다. 아, 난 이 엄청난 행복을 믿을 수가 없다.

밤마다 11시 4분에 내게 전화할 수 있는 사람들 중엔 앙드레아도 있다. 누나는 아직도 현실에 적응하기가 너무 힘들다(내 몸이 악화되는 속도가 점점 빨라지고 있어서 치료가 불가능하다는 현실을). 누나는 나의 현주소인 식물인간 상태를 받아들일 수 없다. 그래서 혹시 내가 다신 휴가 때 몽탈리베로 가고 싶지 않아서, 혹은 대학 입학 자격 시험을 보고 싶지 않아서 온 가족을 속이고 있는 건 아닐까 하는 생각까지 해본다. 그렇다, 지금 누나는 내 상태를 의심하고 있다. 그래서 자신이 말하고 행동했던 모든 걸 후회하고 있다. 그러니 난 누나에게 다시 자신감을 느끼게 해줘야 한다. 누나가 천천히 지옥으로 내려가고 있는 걸 막아야 한다. 내가 천국에 가기 전에, 먼저 누나가 다시 천국의 삶을 살 수 있게 도와줘야 한다.

마리 노엘 숙모가 엄마에게 갖다준 책 『살아남은 아이』의 죄책감에 따르면, 내가 죽을 경우, 앙드레아가 태양도 그늘도 없는 매우 상심한 삶을 살게 된다고 한다. 대조되는 것들을 느낄 수 있는 능력을 더는 가질 수 없기 때문이란다. 누나는 극복할 수 없는 이 죽음의 상실감 때문에 다시는 기쁜 삶으로 돌아갈 수 없을 것이다. 할머니가 가끔 말씀하신다. 윌코는 이제 겨우 열여섯 살인데······.

"내일이면 열일곱 살이에요."

책 이야기는, 마리 노엘 숙모가 갖다준 책을 아빠가 '이 썩어빠질 놈의 책'이라고 하면서 쓰레기통에 던져 넣으려는 순간, 엄마가 해준 설명이었다. 그 책엔 또 '감정과 감각을 섞을 것, 그리고 독소만 뿜을 뿐인 후회는 내다 버릴 것'이라면서, '생명의 수프'를 만드는 요리법도 쓰여있다고 했다.

"그래? 생각보다 한심한 책은 아니군."

난 병원에서 1년을 보내는 동안 순식간에 늙었다. 우리 앞집에서 사는 그 '별 잔디의 남자'를 완전히 이해할 수 있도록 정도로 늙어버린 거다. 난 아무래도 그를 많이 사랑하게 된 것 같다. 왜냐하면, 그가 나를 너무 닮았기 때문이다. 그는 매우 쿨하다. 게다가 늙었다. 그가 남은 인생 길을 걸어가는 모습, 그걸 평온이라고 부른다. 나는 또 우리 부모님을 완전히 이해할 정도로 늙었다. 두 분의 삶, 그건 사랑이라고 부른다. 하지만 난 나머지 모두를 완전히 이해하기 전엔 아직 떠나고 싶지 않다(사랑다운 사랑, 욕망 같은 것, 마침내 그것의 실현, 내가 이런 걸 충분히 설명할 수 있게 될까?). 지금까지 난 결승선 뒤에서 날 기다리고 있는 것에 대해 한 번도 생각해보지 않았듯이, 죽음에 대해서도 한 번도 생각해보지 않았다. 그동안 난 세상을 하나의 상태로 보고 관찰해왔었다. 그런데 갑자기, 오히려 세상이 날 관찰하고 있다는 걸 알았다. 뭐랄까, 세상이 내게 계약을 맺자고 제안해온 느낌? 난 내가 우주의 한 조각이 되었음을 느낀다. 난 점점 잘 보이지 않는다. 점점 잘 안 들린다. 그리고 이젠 거울을 보기 위해 앉아있는 것도 할 수 없다. 그러나 머지않아 내가 아주 자유롭게 움직이게 될 것임을 느낄 수 있다. 그래서 난 비상벨의 줄을 당긴다. 누군가에게 말하고 싶어서! 한 사람이 내 말을 듣고 있다. 니콜. 그녀가 들어온다. 문을 열 필요도 없이 벽을 뚫고 들어온다. "넌 늑대의 목소리를 가졌구나, 이제부터 내가 너를 아주 조심스럽게 지켜줄게." 니콜이 내 이마 쪽으로 고개를 숙이며 말한다. 드디어! 그녀가 내 옆에 있다. 내 머리맡에. 처음부터 내가 꿈꿔온 게 이뤄진 거다. 그녀가 왔다.

니콜이 내게 입을 맞춘다. 그리고 내 손을 잡는다. 내 눈은 이제 떠지지 않는다. 나와 하늘 사이를 잇고 있는 고무줄이 점점 더 팽팽하게 당겨지는 느낌이다. 만일 그녀가 내게 손을 내밀면, 그래서 우리가 손을 맞잡으면, 그녀도 나와 함께 하늘로 올라가게 될까? 지금까지 아빠와 엄마가 내게 가르쳐주셨던 게 뭐지? 의연함, 현재를 선물처럼 여기는 것, 그리고 진정한 사랑. 난 니콜에게 책임감을 느낀다. 나는 떠나지만, 그녀에게 날 잊을 수 있는 자유를 줘야 한다(물론 실제론 그녀가 날 절대로 못 잊을 것임을 아는 건 정말 멋진 일이긴 하다). 바딤, 그 녀석도 왔으면 좋겠다. 내 친구. 나의 벗. 그 녀석은 나의 니콜과 함께 다시 떠나겠지. 난 모두가 여기 함께 있으면 좋겠다. 아빠, 엄마, 누나, 그 녀석, 니콜, 할머니……. 내가 태양을 만지러 가는 그 순간에 모두 내 옆에 있으면 좋겠다. 모두 함께 있으면, 그들은 강해질 것이다.

그리고 각자 나의 일부를 자기들 안에 장착하게 될 것이다. 그들은 모두가 나를 똑같이 알고 있지 않다. 엄마는 나의 소소한 유머를 알고 있다. 앙드레아는 내가 어떨 때 폭소를 터뜨리는지 알고 있다. 아빠는 내가 품고 있던 커다란 질문들에 대해서 안다. 할머니는 내가 뭘 지켜워하는지 안다. 그리고 니콜은…… 그 애는 미칠 듯한 내 사랑을 알고 있다.

그녀가 내 이름을 부른다. 월코……. 그녀의 입술이 내려와 내 입을 맞춘다. 그 입술이 다시 가슴까지 내려오고, 내 환자복을 가른다. 그녀가 내게 입 맞춘다, 제라질! 공중으로 올라간다는 건 얼마나 멋진 일인가! 난 곧 그녀가 되는 기분이다. 하얀 구름 속에서. 그녀는 아직도, 아직도 내게 입을 맞춘다. 그녀가 말할 때 아포테오시스가 온다. "월코, 너의 버러주스를 이리 내놔." 우린 마주 보며 웃는다. 서로 사랑하며 웃는다. 운 좋은 녀석 바딤! 둘은 함께 행복할 것이다. 그리고 그들은 날 생각할 것이다.

내가 깨어난다. 바딤이 병실로 들어온다. 내 친구. 그의 두 눈이 붉다. 그가 자기 손을 만지작거린다. 그러곤 내게 미안하다고 말한다. 하늘과 나 사이의 고무줄이 점점 더 팽팽해진다. 내 움직임은 점점 자유로워지고, 난 점점 더 높이 올라간다. 벌써 옆에 있는 구름 위에 올라가있다. "아빠! 저기 있는 게 프록시마인가요? 자, 지금이야! 얼른 우리 아빠와 엄마를 불러다 줘." 바딤이 내 이마를 만지며 말한다. "두 분이 지금 오고 계셔." 아빠와 엄마가 들어오신다, 두 손에 케이크를 들고. 열일곱 개의 양초가 꽂혀있다. 난 곧 양초를 불어서 끌 것이다.

엄마가 내 얼굴에 입 맞추는 걸 느낀다. 난 이제 곧 프록시마 별에 있을 것이다. 마지막으로 두 눈을 뜬다. 그들이 모두 여기 있다. 빡빡 깎은 머리, 눈물 가득한 눈에 미소를 잃지 않고 있는 앙드레아. 나를 들이마시고 있는 엄마. 별과 나 사이를 오가고 있는 아빠는 내게 떠나지 말라고 말하고 싶은 걸 꾹 참느라 손으로 입을 가리고 있다. 노란색 블라우스가 보인다. 바위처럼 견고한 우리 할머니다. 할머니가 아빠의 팔을 든든하게 잡아준다. 내 몸이 움직이는 게 느껴진다. 아, 내가 움직인다. 눈이 다시 보인다. 자유롭다. 단번에 하늘로 훌쩍 뛰어오르는 느낌. 높이, 더 높이. 그걸 말해주고 싶지만, 말이 안 나온다. 그래도 아빠는 내 말을 듣고 있다는 걸 알 수 있다. 아빠가 나 대신 모두에게 말해줄 것이다. 그들은 모두 강할 것이다. 모두 여기 있다. 난 연기처럼 점점 사라져 없어진다. "아빠, 프록시마 별이 아주 가깝게 보여요! 난 이제 여길 떠나요, 제라질, 끝내주게 아름답잖아!" 난 눈으로 그들에게 고맙다고 인사를 한다. 엄마가 내 눈을 천천히 감겨준다.

프록시마 켄타우리

초판 인쇄 2019년 3월 25일
초판 발행 2019년 3월 25일

지은이 클레르 카스티용
옮긴이 김주경
펴낸이 남영하

편집 김영아 한경애 **디자인** 박규리 **마케팅** 주영상

종이 세종페이퍼 **인쇄** 미광원색사

펴낸곳 ㈜씨드북 **등록** 제2012-000402호
주소 03997 서울시 마포구 월드컵로16길 52-23
전화 02) 739-1666 **팩스** 0303) 0947-4884
홈페이지 www.seedbook.kr **전자우편** seedbook009@naver.com
인스타그램 instagram.com/seedbook_publisher
페이스북 facebook.com/seedbook.kr **카카오스토리** https://story.kakao.com/seedbook

책값은 뒤표지에 있습니다. 잘못 만들어진 책은 구입하신 서점에서 바꾸어 드립니다.

ISBN 979-11-6051-263-2 (43860)

이 도서의 국립중앙도서관 출판예정도서목록(CIP)은 서지정보유통지원시스템 홈페이지(http://seoji.nl.go.kr)와
국가자료공동목록시스템(http://www.nl.go.kr/kolisnet)에서 이용하실 수 있습니다.
(CIP제어번호: CIP2019002973)

SEED MAUM
㈜씨드북의 뉴스레터 SEED MAUM을 구독하시면 다양한 신간 정보와
독자 여러분을 위해 준비한 특별한 콘텐츠들을 받아 보실 수 있으며,
구독자만을 위한 각종 이벤트에도 참여하실 수 있습니다.

http://bit.ly/2jF0Jlv